KB115075

마 in 화산

용훈 新무협 판타지 소설

FANTASTIC ORIENTAL HEROES

마 in 화산 6

용훈 新무협 판타지 소설

초판 1쇄 찍은 날 § 2013년 6월 20일
초판 1쇄 펴낸 날 § 2014년 6월 27일

지은이 § 용훈
펴낸이 § 서경석

편집부장 § 권태완
편집책임 § 박가연
디자인 § 신현아

펴낸곳 § 도서출판 청어람
등록번호 § 제1081-1-89호
등록일자 § 1999. 5. 31
어람번호 § 제2-2510호

주소 § 경기도 부천시 원미구 부일로 483번길 40 서경B/D 3F (우) 420-822
전화 § 032-656-4452 팩스 § 032-656-4453
http://www.chungeoram.com
E-mail § chungeorambook@daum.net

ⓒ 용훈, 2013

ISBN 979-11-316-9087-1 04810
ISBN 978-89-251-3468-0 (세트)

6

마 in 화산

용훈 新무협 판타지 소설

FANTASTIC ORIENTAL HEROES

도서출판
청어람

目次

第一章

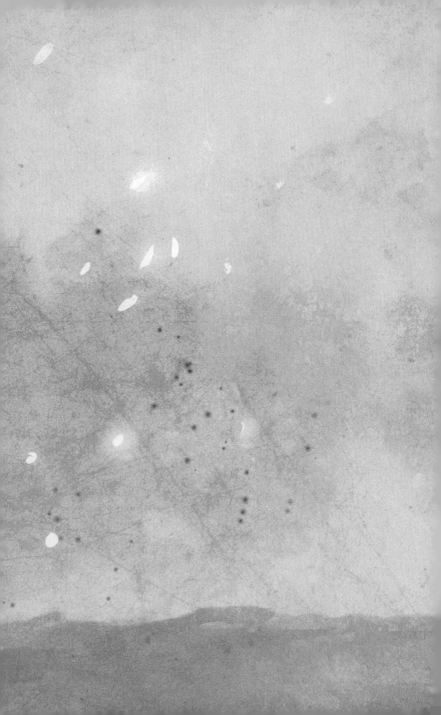

극한의 힘을 담은 패왕부가 허공을 갈랐다.

산자락이라도 쪼갤 것 같은 무지막지한 힘이 실린 도끼질 이었다.

패왕부의 도끼날 주변으론 새까만 섬광이 뿜어졌고, 섬광 의 궤적을 따라 세상이 찢기는 듯한 파공음이 터져 나왔다.

슈앙!

깡!

강렬한 쇳소리가 터지며 패왕부가 그대로 멈췄다.

패왕부를 막아낸 것은 여인의 그것처럼 새하얗고 고운 손 이었다.

쩌릿한 반탄력이 도끼 자루를 타고 온몸으로 전해졌고, 염세악의 눈은 끊임없이 치떨렸다.

"진마존(眞魔尊)의 후예구나. 따지고 들어가면 우린 한 식구나 다름없다."

"……?"

"천살마공은 성마십이가(聖魔十二家) 중 혼세마문(混世魔門)의 절학이니까."

패왕부를 맨손으로 막아낸 사내의 목소리였다.

흑단 같은 머릿결과 멋스럽게 기른 새까만 턱수염, 걸치고 있는 흑색 장포엔 타오르는 황금색 불꽃이 금실로 화려하게 수놓아져 있었다.

마교주 흑제와 처음으로 대면한 날의 기억이었다.

'만마궁과 마지막까지 본 교의 패권을 다툰 곳이 바로 혼세마문이다. 그때 멸절됐다고 알려진 혼세마문의 명맥이 이어지고 있다니…….'

'걱정 말게. 수백 년 전 일인데 그까짓 게 뭐가 중요할까? 어쨌든 우리가 한 식구인 것은 틀림없네.'

'천살마공이면 충분하지 않은가? 돌아온 것을 환영하네.'

'성격 참 화끈하군. 자넬 아우로 삼고 싶은데, 어떤가?'

'크하하하! 좋아! 아주 좋아. 염 아우, 이 형님이 비밀을 알려주지. 머잖아 곧 세상엔 마교 천하가 도래할 것이야.'

'걱정할 것 없어. 지난 세월 본 교의 발목을 잡아온 정파의 떨거지들을 모조리 쓸어버릴 것이니.'

'마령(魔靈)이라 하지. 일만의 산목숨이 마신(魔神)께 재물로 바쳐지면 그 원념이 구천에 닿아 본좌의 뜻이 천하에 펼쳐질 것이니…….'

'모든 것을 잡아먹지. 오직 마공을 익힌 우리 식구들만이 그 안에서 자유로울 수 있어.'

'내 권능이 막지 않는 한 영원토록 불멸할 힘이 바로 마령이네.'

슈— 아— 앙!

새까만 그림자 하나가 황무지 협곡으로 가득한 대지 위를 빛살처럼 가르고 지나갔다.

"미친놈! 미친놈! 결국 그 미친 짓을!"

거칠게 토해지는 염호의 욕설, 백 년도 훨씬 더 지난 일이지만 그때의 기억만은 아직 또렷했다.

스스로 제물이 되기를 갈망하며 거대한 절구통 속으로 걸어 들어가던 마교의 광신도들.

집채만 한 쇠공이 떨어지고 나면 뼛가루조차 찾아내기 힘든 핏물로 짓이겨진 마교도들이 지하 공간 어디론가 흘러들어 갔다.

참 끔찍한 기억이었다.

그래서 더욱 뚜렷하게 기억하는지는 알 수 없지만 아직도 그때 마교에서 본 것들이 눈앞의 일인 듯 생생하기만 했다.

마교가 있는 천산 쪽으론 오줌도 싸지 않게 되고, 광신도 집단이라면 치를 떨게 된 것도 다 그때의 그 기억들 때문이었다.

그 후로도 몇 가지 사건이 더 얽혀들었지만, 하여튼 마교나 흑제와 직접적으로 부딪힌 것은 그때가 마지막이었다.

그 후 두 번 다시 마주치려고 하지 않았던 것이 마교와 흑제란 이름이었다.

염호의 눈빛이 난주 땅을 향해 가까워질수록 점점 더 다급해졌다.

마령의 존재를 알고 있기에 더욱 급해질 수밖에 없는 것.

그런 염호의 눈에 드디어 거칠게 흐르는 황토색 물줄기가 보이기 시작했다.

황하였다.

그 너머가 난주.

쏴—!

극심표가 극성으로 펼쳐지며 염호의 신형이 끝없이 이어질 것만 같던 황토고원의 끝단을 빛살처럼 지나쳐 갔다.

'진무야! 이 멍청한 장로 놈들아. 죽지만 말아라. 죽지만……'

　　　　　*　　　*　　　*

"여기다, 이놈!"

피잉!

날카로운 예기를 머금은 검 한 자루가 공간을 뚫고 날기 시작했다.

선광우사 장진무, 당대 화산 장문인의 손을 떠난 비검이 하늘을 뒤덮어가는 시커먼 장막 아래로 한 줄기 섬광과도 같은 궤적을 그려 나갔다.

크르륵!

용암처럼 붉고도 사이한 안광을 뿜어내는 괴인들이 일제히 검과 장진무를 향해 고개를 틀었다.

"여기도 있다. 이 괴물들아!"

진무가 있는 곳과 정반대 편에서 터져 나온 외침, 이제는 매화팔선이라 불리는 장로 중 한 명인 옥허궁의 서림이었다.

슈앙!

서림의 손을 떠난 검 역시 빛살처럼 괴인들을 향해 짓쳐들어 갔다.

크륵!

괴인들이 일제히 반대편에 선 서림 쪽으로 고개를 돌렸다.

퍽!

그사이 진무의 검이 괴인 중 하나의 가슴을 그대로 관통한 뒤 바닥에 내려꽂혔다.

"……!"

진무의 눈이 치떠졌다.

꿰뚫었다 여긴 괴인 중 하나가 그 자리에서 연기처럼 사라져 버렸기 때문이었다.

퍽!

서림의 검 역시 다르지 않았다.

검에 닿는 순간 본래 존재치 않았던 것처럼 순식간에 사라져 버린 괴인.

크륵!

진무와 서림 쪽을 번갈아 보던 괴인들의 수가 절반으로 나뉜 것도 그 순간이었다.

"뭐하는가? 서두르지 않고!"

진무의 다급한 목소리가 터지는 그때서야 나루터 쪽에서 다급한 움직임이 시작됐다.

소림의 승려들은 널브러진 어림군을 들쳐 업고 재빠르게 군선으로 이동했다.

화산의 일대제자들 역시 뗏목 위에 방치된 흑회의 인물들을 다급하게 군선으로 옮겨 싫었다.

그사이 중년 승려 몇과 화산파 장로들이 나루터를 배수의 진으로 삼아 형형한 안광을 뿜어냈다.

그들의 눈은 오직 진무와 서림, 그리고 숫자가 늘었다 줄었다 하는 기괴한 괴인들과 그들을 비호하듯 허공에 펼쳐진 시커먼 장막을 향해 고정되었다.

촤아아아아아악!

순간 마치 수십만 마리의 새 떼가 한꺼번에 날갯짓을 하는 듯한 소리가 하늘을 뒤덮은 장막에서 터져 나왔다.

하늘이 출렁이는 것처럼 흔들린 뒤 양옆으로 퍼져가는 시꺼먼 장막.

거대한 촉수처럼 쭉 늘어난 장막이 진무와 서림을 향해 그대로 뻗어 나갔다.

이를 지켜보는 화산 장로들의 얼굴에는 숨이 멎어버린 듯한 긴장감이 가득했다.

진무와 서림은 뒤돌아선 채 일말의 주저함도 없이 냅다 뛰기 시작했다.

촤아아아악!

거칠게 요동치는 장막이 한층 더욱 거센 소리를 토했다.

급속도로 뻗어 엿가락처럼 도심의 외곽까지 늘어진 장막.

진무와 서림은 그 끝자락에 닿을 듯 말 듯 아슬아슬하고 위태위태하게 도망치는 중이었다.

불조의 광휘를 뿜어낸 불성마저 단숨에 먹어치운 괴물이 그 시꺼먼 장막이었다.

하물며 진무와 서림이 그 장막에 휘감긴다면 견뎌낼 재간이 없다는 것을 모르지 않았다.

절체절명의 위기, 사악한 그것들의 이목을 끌기 위해서라지만 그 위험을 화산파 장로들이 모를 수는 없는 일이었다.

그럼에도 누구 하나 진무와 서림을 구하기 위해 뛰쳐나가는 이가 없었다.

이는 옆에 도열한 소림의 승려들 또한 마찬가지였다.

"기다리십시오."

침정궁주 신응담의 목소리였다.

너무나 냉정한 음성.

또한 그 눈은 진무와 서림이 겪고 있는 위기를 바라보는 것이 아니었다.

신응담의 서릿발같이 매서운 눈길은 오직 괴인들의 위에서 길게 양옆으로 늘어지고 있는 어둠의 장막에 고정되어 있었다.

진무와 서림을 집어삼키기 위해 엿가락처럼 쭉쭉 늘어나는 장막, 그 가운데가 곧 끊어져 두 개로 갈라져 버릴 것만 같았다.

"준비!"

신응담의 나직하지만 딱딱하게 굳은 음성.

어느새 군선에 올랐던 승려들과 일대제자들마저 그 옆으로 도열해 있었다.

이제 군선에 남은 이는 화산파 일대의 대사형 송자건뿐이었다.

군선의 돛이 바람을 한껏 머금은 채 '파앙' 소리를 토했다.

하지만 군선은 나루터를 떠나지 못했다.

나루터와 이어지는 닻줄을 송자건은 아직 놓을 수 없었기 때문이다.

"남겠습니다. 불가합니다. 갈 수 없습니다. 사제들을 두고 떠날 수 없습니다. 차라리 여기서 싸우다 죽을……"

철썩!

"고얀 놈! 본산의 미래는 안중에도 없단 말이냐!"

신웅담의 손은 매서웠다.

오른뺨이 불에 탄 듯 매웠지만 송자건의 머릿속은 이내 차가워졌다.

본산.

그리고 미래.

그 두 단어만이 송자건의 머릿속을 가득 채웠다.

"모두에게는 자기의 몫이 있는 법. 장자제 송자건은 장문령을 따르도록 하라."

진무까지 장문의 권위를 더해 명을 내렸다.

피눈물이 흘러나올 것 같은 심정을 가슴에 삭이며 홀로 배에 남은 송자건이었다.

"가거라."

신응담의 음성이 귓가에 벼락처럼 꽂혀 들어왔다.

그럼에도 송자건은 움켜쥔 닻줄을 도저히 놓을 수가 없었다.

"이놈! 정녕 장문령마저 능멸하려느냐!"

호통처럼 이어진 장로 범중의 목소리였다.

"크윽!"

기어코 애써 참고 있던 오열이 송자건의 입술 사이로 터져 나왔다.

그 소릴 들었는지 등만 내보이고 있던 일대제자들의 어깨가 일제히 나직하게 떨렸다.

누구 하나 뒤돌아보지 않는 사제들.

샘솟듯 터진 눈물이 두 볼을 따라 쉴 새 없이 흘러내렸다.

'어찌, 나만 살라 하시는가. 그 남은 날들을 어찌 견디라고… 크윽!'

턱 끝을 따라 흐른 눈물이 바닥으로 뚝뚝 떨어져 내릴 때까지 송자건은 울고 또 울었다.

"대사형!"

"……!"

"화산을 부탁합니다."

"……!"

약속이나 한 듯 전해진 사제들의 목소리.

잘게 떨리던 사제들의 등이 더없이 굳건해 보이는 그때, 송자건의 온몸이 더없이 크게 경련했다.

화산을 부탁한다는 그 음성에 담긴 미안함이 가슴속까지 전해진 것이다.

힘겹게 부여잡고 있던 닻줄을 놓을 수밖에 없는 송자건이었다.

파아앙!

한 차례 더 바람을 크게 머금은 돛이 치마폭처럼 힘차게 펼쳐졌다.

쏴아아아.

거친 물살까지 더해진 군선은 거침없이 황하의 하류를 향해 흘러가기 시작했다.

때마침 하늘을 뒤덮은 채 길게 늘어졌던 시꺼먼 장막이 두 갈래로 뚝 끊어진 순간이기도 했다.

"간닷!"

신웅담이 전방을 향해 쇄도하기 시작했다.

그를 뒤따라 장로들과 일대제자들, 소림의 백팔나한이 일제히 허공으로 비산했다.

크르륵!

섬뜩한 괴인들의 붉은 눈동자가 그들을 향한 것도 바로 그때였다.

촤아아아아아!

더불어 두 개로 쪼개진 시커먼 장막이 삽시간에 다시 허공을 온통 뒤덮어왔다.

"안 돼!"

능선 끝까지 도망쳤던 진무가 뒤돌아선 채 다급한 목소리를 토해냈다.

아스라이 전해져 오는 그 음성을 들으며 쇄도하던 화산과 소림의 모두가 우뚝 멈춰 설 수밖에 없었다.

시커먼 장막이 어느새 거대한 아가리를 벌린 채 그들을 기다리고 있었다.

촤락!

마령, 그 무시무시한 괴물은 그들 모두를 순식간에 집어삼켰다.

"으아아아!"

진무의 입에서 목청이 찢기는 듯한 비명이 토해졌다.

진무가 촌각의 망설임도 없이 몸을 날렸다.

파라락!

새하얀 능라의가 거칠게 요동치며 진무의 양손이 미친 듯이 전방을 향해 내뻗어졌다.

파앙! 파팡! 팡!

장심을 따라 푸릇한 장인이 쉴 새 없이 뻗어 시커먼 장막을 꿰뚫었다.

하지만 소림과 화산을 집어삼킨 어둠의 장막은 진무를 향해 아무런 반응조차 하지 않았다.

어둠의 장막은 마치 똬리를 틀고 앉은 뱀처럼 미동조차 없었다.

마치 먹잇감을 포식하고 깊이 잠든 것처럼.

"이노옴!"

반대편의 서림 역시 대노한 음성을 토하며 미친 듯이 손끝을 내뻗었다.

서림의 손가락 끝을 따라 매화지(梅花指)가 섬광처럼 연이어져 시커먼 장막을 관통했다.

하지만 웅크린 듯 숨죽인 장막은 여전히 그 어떤 반응조차 없었다.

정신없이 내달려온 진무와 서림은 그 어떤 망설임도 없이 장막 안으로 몸을 날렸다.

후우웅! 후우웅!

진무와 서림의 새하얀 능라의 주변으로 새하얀 막이 둥그렇게 펼쳐졌다.

임독이맥을 뚫고 난 뒤 얻게 된 기화방신의 공력!

투명한 빛이 나는 탄구로 몸을 감싼 두 사람 역시 어둠의 장막 안으로 빨려들 듯 사라졌다.

*　　　*　　　*

"장문!"

"사제!"

천지를 완벽히 휘감은 어둠을 뚫고 진무와 서림이 나타났다.

장로들의 격정 어린 목소리가 토해진 것은 당연한 것, 그들역시 호신강기를 펼쳐 전신을 보호하고 있었다.

다른 점이 있다면 장로들과 일대제자 모두가 둥그런 원진을 펼친 채 거대하면서도 아릿한 빛이 나는 반구 속에 있다는 것이다.

매화검진이었다.

검진이 만들어내는 강기막을 스멀거리는 어둠이 휘감고있는 상황.

소림 승려들 또한 상황이 다르지 않았다.

백팔나한진, 거기서 펼쳐진 금빛 서기의 거대한 탄막이 승려들을 어둠의 장막으로부터 보호하고 있는 것이다.

"……!"

상황을 파악한 진무의 두 눈이 부릅떠졌다.

끈적끈적한 점액질처럼 달라붙은 어둠이 매화검진과 나한진세를 점점 녹여가고 있었기 때문이다.

"이노옴!"

진무가 대노한 음성을 뱉으며 손을 내뻗자 바닥에 꽂혀 있던 그의 검이 그대로 빨려들어 왔다.

쭈웅!

찰나에 검신을 타고 시퍼런 빛줄기가 치솟았다.

서림 또한 자신의 검을 찾아 검강을 일으켰다.

두 사람은 눈빛조차 교환하지 않았음에도 누구를 공격해
야 할지 알고 있었다.

시뻘건 두 개의 눈동자가 어둠 속에서 더욱 농밀한 빛을 내
고 있었기 때문이었다.

백여 명까지 불어났던 숫자는 다 어디로 갔는지 이제 눈에
보이는 괴인은 단 한 명이었다.

진무가 섬전처럼 괴인을 향해 신형을 날렸다.

검신을 타고 오른 시퍼런 빛이 그대로 괴인의 목을 쳤다.

툭!

드르르륵!

맥없이 잘려 버린 괴인의 목이 바닥으로 떨어져 힘없이 뒹
굴었다.

"……?"

너무나 허무한 결말에 진무가 오히려 당혹스러워 멈칫거
렸다.

반 발 늦게 도착한 서림 역시 황당한 얼굴이었다.

이렇게 쉽게 끝이 난다고?

"……!"

"……!"

두 사람이 소스라치게 놀란 것도 바로 그 순간이었다.

끄득!

목이 잘리고 몸뚱이만 남은 괴인, 그 위로 불쑥 머리통이
자라났다.

뻥 뚫린 안구 사이로 껌뻑껌뻑 붉은빛이 어리더니 새빨갛
고 섬뜩한 빛을 뿜기 시작했다.

크르득!

바닥을 나뒹굴던 머리통에서도 역시 소름 끼치는 소리가
들려왔다.

잘린 머리통 아래로 스멀거리며 진물 같은 것이 잔뜩 흘러
내리더니 거기서 새로운 몸뚱이가 생겨 버렸다.

비척거리며 일어선 또 다른 괴인의 눈에서도 새빨간 안광
이 흉흉한 빛을 뿜었다.

그 눈빛을 코앞에서 마주한 서림의 전신이 부들부들 떨리
기 시작했다.

멍하게 변해가는 눈동자.

전의는 완전히 사라졌고 이지를 잃어가는 그 눈동자는 마

치 꿈속을 헤매는 것처럼 몽롱하고 흐릿해져만 갔다.

전신을 보호하던 서림의 호신강기마저 서서히 빛을 잃었다.

"정신차리게!"

진무의 경호성이 터졌지만 서림의 눈빛을 되돌릴 순 없었다.

쿠르르륵!

일순간 나한진과 매화검진을 휘감았던 진득한 장막이 맛있는 먹잇감을 새로 발견한 듯 일제히 서림을 덮쳐왔다.

수백 개의 기다란 촉수 같은 것이 서림의 몸뚱이를 향해 뻗어오는 순간.

진무가 미친 듯이 검을 휘둘렀다.

사삭! 서걱! 사사사삭!

눈앞의 괴인 둘의 몸뚱이를 순식간에 수십 조각으로 갈라놓은 진무가 획 뒤돌아섰다.

서림을 휘감아오는 촉수를 그대로 갈라가는 진무의 검.

"……!"

진무의 몸이 돌덩이처럼 굳어졌다.

잘라내려던 촉수가 찬란한 빛을 뿜던 검신에 철썩 달라붙어버렸기 때문이다.

동시에 몸속의 공력이 일거에 빨려 나가기 시작했다.

"헉!"

절로 토해지는 신음이었다.

신검합일(身劍合一), 검신일체의 공력이 시커먼 촉수의 자양분이라도 되는 듯 미친 듯이 빨려 나가고 있는 상황.

그런데도 검을 놓을 수가 없었다.

아교에 달라붙어 버린 듯 손가락 하나 까딱할 수 없었다.

진무의 얼굴이 파리하게 변해가며 호신강기 또한 점점 희미해져 갔다.

서림을 향해 뻗어오던 촉수들이 사이좋게 갈라져 이제는 진무마저 집어삼키려 했다.

그때였다.

파라라라랑!

검 한 자루가 팽이처럼 회전하며 거침없이 날아들었다.

서걱! 서걱! 서걱!

투두두두둑!

진무의 검강으로도 베지 못한 시커먼 촉수들이 휘돌아 선회하는 검에 속절없이 잘려 나갔다.

"장문 사형!"

검을 날린 신웅담이 진무와 서림을 향해 다급하게 쇄도해 왔다.

앞뒤 가릴 것 없이 뛰쳐나온 신웅담.

그가 빠져나오자 매화검진의 진세 역시 순식간에 빛을 잃었다.

검진이 만들어내던 투명한 반구가 사라지자 어둠의 장막 전체가 요동치기 시작했다.

"따르라!"

장로 범중의 다급한 음성이 토해졌다.

"어서!"

장로 유학선의 연이어진 외침과 더불어 장로들과 일대제자 전체가 재빠르게 신응담의 뒤를 따랐다.

촤아아아악!

그들 화산파의 도사들을 향해 쏟아져 내려오는 수천 다발의 시꺼먼 줄기가 폭우처럼 어둠 속을 가득 메웠다.

일제히 몸을 날려 진무와 서림을 둘러싼 화산파 도사들.

"매화만강(梅花滿腔)!"

장로 범중의 다급한 외침.

하늘로 세운 화산파 도사들의 검끝에서 재빠르게 희뿌연 기운들이 너울지며 뻗어 올랐다.

검과 검을 타고 이어진 기운이 순식간에 거대한 반구를 이루는 순간.

투둑!

투투두두두두둑!

진세가 만들어낸 강기막 위로 시꺼먼 화살비가 끊임없이

내려꽂혔다.

"크윽!"

일대제자 반운산의 입에서 거친 비명이 토해졌다.

"운산아!"

장로 방도유가 다급한 음성을 터뜨리며 반운산의 등에 검을 들지 않은 손바닥을 댔다.

후홍!

방도유의 장심을 따라 공력이 전해지며 창백했던 반운산의 얼굴이 순식간에 제 빛을 찾았다.

그런 상황은 방도유나 반운산만 겪는 것이 아니었다.

반운산 옆에 북천관주 대종해가 있고, 그 옆에 일대제자 중 다섯째 우대강이 있다.

그 옆으로 청허궁의 장로 경담이 있으며 그 곁에는 다시 일곱째 표운이 서 있다.

장로 하나와 일대제자가 교차하며 선 채, 공력이 약한 일대제자들을 장로들이 도우며 진세를 유지하고 있는 것이다.

창백한 안색으로 그 가운데 주저앉게 된 진무와 서림이 자신을 둘러싼 사제들과 제자들의 등을 바라봤다.

창졸간에도 이런 판단을 내려 매화검진을 유지하고 버텨내는 그들이 더없이 기특하고 자랑스러우면서도, 한편으로는 새빨간 안광을 뿜어내는 괴인과 시꺼먼 장막이 지닌 위력이 소름 끼치도록 두렵게 느껴지는 마음이었다.

진무의 안색이 점점 더 어두워졌다.

서림은 아직도 온전한 상태를 회복하지 못하고 온몸을 경련하고 있었다.

게다가 수십 조각으로 잘라낸 괴인의 몸뚱이는 어느새 잘린 조각 수만큼의 괴인으로 변해 섬뜩한 안광을 뿜어내고 있었다.

저벅! 저벅! 저벅!

괴인들이 비척거리는 걸음으로 검진을 향해 다가오기 시작했다.

한 걸음이 이어질 때마다 늘어났던 괴인들이 한 몸뚱이로 포개지며 그 수가 줄어들었다.

크르륵!

열 걸음을 다 옮기기도 전 하나로 합쳐진 괴인이 검진 바로 앞에 우뚝 걸음을 멈췄다.

진세가 만들어낸 거대한 탄막 앞에 선 괴인이 강기막을 향해 손가락 하나를 천천히 들어 올렸다.

시꺼먼 손톱 끝이 탄막에 닿는 순간.

파직!

뇌전이 어리는 듯한 소리가 그 접점에서 터져 나왔다.

크륵!

괴인이 고개를 갸웃거렸다.

온통 새까맣기만 얼굴 속에서 붉은 눈빛이 더욱 또렷해

졌다.

그래서 더욱 도드라져 보일 수밖에 없는 붉고 두려운 눈동자.

탄막을 사이에 두고 괴인을 정면으로 마주한 일대제자 정헌의 입에서 나직한 비명이 흘러나왔다.

"으으으!"

정헌의 입에서 두려움을 이겨내지 못하는 소리가 토해질 무렵, 투박하고 거친 손바닥 하나가 정헌의 눈을 덮어왔다.

"견뎌야 하느니라."

정헌의 옆에 선 장로 신웅담의 따스한 음성이었다.

그럼에도 이미 붉은 눈을 정면에서 마주 본 정헌은 오한을 참지 못하고 부들부들 온몸을 떨기 시작했다.

"오신다."

"……."

"태사조님께선 반드시 오실 것이다."

정헌을 향한 나직하지만 흔들리지 않는 신웅담의 목소리였다.

뚝 끊어지려던 정헌의 공력이 다시금 검진으로 이어지기 시작했다.

태사조란 이름.

그것이 정헌뿐 아니라 일대제자 전체에게 주는 믿음은 그야말로 절대적이었다.

그 어떤 두려움마저 견뎌낼 수 있도록 해주는 이름.

그때 다시 소름 끼치는 소리가 이어졌다.

기기기긱!

괴인의 시꺼먼 손톱이 강기막 위를 희롱하듯 긁어간 것이다.

등줄기를 휘감는 소리가 탄구 안으로 공명하듯 울렸고, 괴인은 몇 번이고 그 일을 되풀이했다.

기기긱! 기기기긱!

손톱 끝과 강기막을 따라 흘러나오는 소름 끼치는 소리.

붉은 눈동자만 보이는 괴인의 얼굴에 마치 비릿한 웃음이 걸려 있는 듯했다.

마주 선 신웅담마저 모골이 송연해지고 몸에 힘이 빠지는 착각이 일 정도였다.

"정신을 바로 하라!"

장로 범중의 대경실색한 소리가 터져 나왔지만 '기기긱' 소리가 더해질 때마다 일대제자들의 몸뚱이가 반복적으로 움찔거리기 시작했다.

검진으로 이어지는 제자들의 공력이 현저하게 흔들리는 것이 느껴졌고, 장로들의 얼굴에도 당혹감과 두려움의 빛이 서려갔다.

그 순간이었다.

찌직!

뿌우아악!

시꺼먼 손톱이 흐릿한 강기막을 그대로 찢어발기고 쑥 들어온 것이다.

"컥!"

"으윽!"

"쿨럭!"

일대제자들은 물론 장로들의 입에서마저 연달아 시꺼먼 핏덩이가 토해졌다.

강제로 찢겨져 버린 매화검진.

순식간에 기혈이 들끓고 뒤엉킨 것은 너무나 당연한 결과였다.

기다렸다는 듯 천지를 뒤덮고 있던 어둠이 찢어진 강기막의 틈을 비집고 쏟아져 내렸다.

누구도 움직이지 못했다.

절망과 두려움에 잠식되어 아득하고 망연한 눈빛만이 가득해져 가는 화산파의 도사들.

"이놈!"

신응담만이 기를 쓰고 검을 휘둘렀다.

하지만 천지사방을 휘감아오는 어둠을 향해 나아가는 신응담의 검은 너무나 초라하기만 했다.

애써 휘둘러 가던 신응담의 손길마저 부들부들 떨리더니 이내 힘을 잃었다.

간신히 유지되고 있던 강기막마저 사라졌다.

시꺼먼 장막이 아가리를 쩍 벌린 채 선두에 선 신응담을 덮쳐왔다.

"태사조님……."

신응담의 들릴 듯 말 듯한 음성.

촤라라락!

어둠의 장막은 신응담을 그대로 집어삼켰다.

그때였다.

후아아앙!

엄청난 광풍이 짓쳐오는 소리가 어둠으로 가득한 장막 너머 어딘가에서 들려왔다.

크륵?

괴인의 고개가 휙 하고 돌아간 그때.

어둠의 공간 한가운데로 사납게 휘도는 거대한 도끼 하나가 그대로 내려꽂혔다.

쿠우웅!

먹장구름을 뚫고 볕이 지상에 떨어져 내리듯 패왕부는 찬란한 빛과 함께 모습을 드러냈다.

"헉헉! 이놈들아, 살아 있냐?"

화산파 도사들에게는 너무나 그리운 목소리일 수밖에 없었다.

第二章

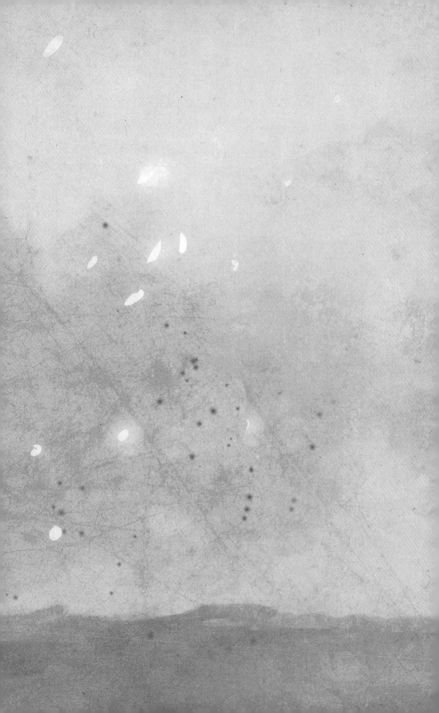

천지를 휘감은 어둠 속으로 한 줄기 빛이 떨어져 강림했다.

그 빛 속에 염호가 있었다.

'쾅' 소리와 함께 바닥에 떨어져 내린 염호의 눈이 미친놈처럼 화산파 도사들을 향했다.

새하얀 능라의 위로 붉은 피가 가득 묻은 장로들의 모습이 보였다. 마찬가지로 파리한 안색에 절망과 두려움으로 가득한 일대제자들의 모습 역시 한눈에 들어왔다.

"꼬락서니들 하고는, 쯧."

염호의 치켜떠진 두 눈에 비로소 안도감이 어렸다.

땀과 먼지로 범벅이 된 얼굴을 손바닥으로 쓰윽 닦아 바닥으로 툭 터는 염호.

그때서야 장로들과 일대제자들이 휘청거리던 신형을 바로하며 염호를 향했다.

이런 상황에도 예를 먼저 차리려는 화산파의 도사들.

"삼가 태사조님……."

"됐다, 됐어! 으이그!"

염호가 손을 휘휘 저으며 투덜거렸다.

이걸 고지식하다고 해야 할지, 한심하다고 해야 할지 모르겠단 얼굴의 염호가 혀를 차며 발걸음을 떼기 시작했다.

화산파 제자들이 모인 곳으로 걸어가는 염호의 걸음은 이제 산책이라도 나온 것처럼 가볍게 변했다.

반면 화산 제자들은 숨소리도 내뱉지 못할 정도로 긴장할 수밖에 없었다.

염호의 발걸음이 붉은 안광을 뿜어내는 괴인의 바로 옆을 지나치고 있었기 때문이다.

크륵!

기괴하고 소름 끼치는 울음이 괴인에게서 토해졌고, 고작 몇 걸음 거리로 그 옆을 지나쳤지만 염호는 괴인 쪽으로 눈길 한 번 제대로 주지 않았다.

스츠츠츠츳!

염호가 자신을 무시한다고 여겼는지 칠흑의 장막이 다시 한 번 거칠게 요동치기 시작했다.

염호가 꿰뚫어놓은 빛의 공간이 순식간에 어둠으로 뒤덮였다.

염호의 눈가가 잘게 씰룩인 것도 그 순간이었다.

좌아아아악!

일순간 시꺼먼 장막이 수천 가닥의 기다란 창날이 되어 염호를 뒤덮어오기 시작했다.

천지사방을 가득 메운 수천 개의 창날이 그대로 염호를 꿰뚫을 것만 같았다.

"태사조님!"

"피해야……!"

"위험……!"

장문인 진무와 신응담, 그리고 장로 범중이 거의 동시에 목구멍이 찢어질 듯 소리쳤다.

그 장막에 휘감기면 어떤 일이 벌어지는지 두 눈으로 똑똑히 지켜봤기 때문이다.

불조의 광휘를 뿜어낸 불성마저 삽시간에 한 줌의 진액으로 녹여 버린 것이 저 시꺼멓고 소름 끼치는 장막이었다.

아무리 태사조라고 하지만 이렇게 무방비 상태로 휩쓸려선 안 될 것이라 여기는 것이 당연했다.

그럼에도 염호는 별달리 움직이지 않았다.

그저 살짝 인상을 찌푸린 채 고개만 돌렸을 뿐.

염호의 눈이 정면에서 붉은색 안광을 뿜어내는 괴인을 향했다.

"쯧! 그 인간도 아닌데 뭘……."

이렇게 뭐 빠지게 날아오며 고생했나 하는 생각에 허탈감마저 약간 드는 염호였다.

거기다 화산파 도사들도 내상은 조금 입은 것 같지만 누구 하나 큰일을 당한 건 없어 보였다.

'하긴 그 인간이 여태 살아 있었음, 세상이 이렇게 조용할 리가 없지.'

염호가 이처럼 여유를 찾은 것은 이곳에 흑제가 없다는 것을 확인했기 때문이었다.

천살마군으로 살 때도 그랬지만 '이 인간은 절대로 못 이겨' 란 생각을 들게 만든 유일한 상대가 바로 흑제였다.

'지금 붙으면 어쩔까나?'

환골탈태에 반로환동을 한 지금 이 순간에도 반드시 이긴다고 장담할 수 없게 만드는 존재로 기억되는 것이 바로 마교주 흑제였다.

하여튼 그 흑제만 아니면 아무 상관 없었다.

"그나저나 너는 대체 뭐냐?"

쏟아져 내리는 어둠의 창날들을 바라보면서도 염호는 여유로운 목소리였다.

촤아아아악!

염호를 꿰뚫을 듯 쏟아져 내리던 시커먼 창날들이 일제히
멈춘 것도 그 무렵이었다.

끼르륵?

마치 시간이 정지되어 버린 것만 같았다.

염호 코앞은 물론 머리끝부터 발끝까지를 빼곡하게 감싼
어둠의 창날이 고작 한 뼘 거리를 더 나아가지 못하고 그 자
리에서 멈춰 버린 것이다.

붉은 안광을 뿜어내던 괴인에게서 다시 한 번 소름 끼치는
소리가 흘러나왔다.

크르르륵!

수천 개의 뾰족한 창날이 일제히 출렁했지만, 단지 그뿐이
었다.

딱 한 뼘의 거리.

그 거리에 멈춘 수천 가닥의 뾰족한 창날은 그저 잠시 움찔
거린 것이 전부였다.

거기서 끝이 아니었다.

촤아아악!

전신을 에워싸고 있던 창날들이 그 주변을 몇 차례 빙글빙글 휘돌더니 썰물처럼 빠져나가기 시작했다.

"저, 저럴 수가!"

"오오! 태사조님!"

화산파 도사들은 기함한 표정과 더불어 감동으로 몸서리치며 탄성을 내질렀다.

그들의 얼굴을 가득 채운 것은 경이로움과 찬탄이었다.

하지만 염호의 표정은 뚱하기만 했다.

당연한 결과였기 때문이다.

극마의 경지를 넘어 이제는 천살마공의 잔재마저 남김없이 지웠다지만 어쨌든 그 근본은 마공(魔功)이다.

마의 원념에서 시작된 마령이 이를 알아보는 것은 당연한 결과이며, 이는 흑제가 누누이 떠들었던 과거의 이야기와 전혀 다르지 않았다.

오직 마공을 익힌 자들만이 살아남을 수 있다는.

더구나 어둠의 장막을 뚫고 들어올 때 살짝 시험까지 해봤으니 염호가 이토록 태연한 반응을 보일 수 있는 것이다.

"오오! 무량수불! 무량수불……!"

때마침 장문인 진무가 격정을 참지 못하고 온몸을 부르르 떨며 도호를 읊조렸다.

불성마저 집어삼킨 괴물이 감히 태사조를 침범치 못하고 스스로 물러선 것을 봤으니 새삼스럽게 무한한 존경심이 샘

솟을 수밖에 없었다.

그 가운데 눈앞의 상황과 이유를 제대로 파악하지 못한 일
대제자 몇이 눈을 멀뚱거리며 장로들을 쳐다봤다.

어떻게 이런 일이 벌어질 수 있는가 하는 눈빛이었다.

"선도(仙道)의 끝에 이른 지극한 수양이 마(魔)의 수족을 물
리친 것이니라……. 무량수불, 무량수불!"

장로 범중이 떨리는 음성으로 설명을 더하자 일대제자들
모두가 온몸을 부르르 떨며 염호를 쳐다봤다.

태사조가 무공만 강한 것이 아니었다.

태사조의 도력이 탕마멸사(蕩魔滅邪)의 무궁한 경지에 이
르렀음을 알게 되니 가뜩이나 가득한 존경심이 몇 배나 더 커
지는 느낌이었다.

내상으로 뒤엉킨 기혈이 풀리고 텅 비었던 단전이 다시 차
오르는 듯한 느낌이 들 정도로 커다란 환희가 일대제자들을
몸서리치게 만들었다.

"화산의 무(武)는 공(攻)에 있지 않다 하시더니… 크흐흑,
태사조님!"

격정 어린 음성과 더불어 눈물을 왈칵 쏟아내는 이는 다른
누구도 아닌 침정궁의 신응담이었다.

화산을 떠나기 전 태사조가 내려준 마지막 가르침이 바로
그것이었다.

그리고 지금.

몸소 눈앞에서 공력이 아닌 선도의 깨우침만으로 무시무시한 마물을 물러나게 하는 진정 신비한 이적을 보인 것이다.

두 볼을 타고 줄줄 흘러내리는 눈물을 감출 생각도 하지 못하고 신응담은 염호를 보고 또 봤다.

그 위로 아스라이 겹쳐지는 검신 태사조의 그림자를 느끼며……

평소라면 상상도 할 수 없는 신응담의 모습을 보면서 장로들이나 제자들 누구 하나 이상하다 여기지 않았다.

아니, 오히려 그 격정에 동화될 수밖에 없었다.

"크흑!"

"흑!"

"으윽, 태사조님……"

가장 차갑고 냉담하던 신응담이 눈물을 보이자 장로들과 장문인 진무마저 결국 봇물처럼 눈물을 터뜨렸다.

장로들이 그러니 제자들은 또 어떠할까.

"태사조님… 크흐흑!"

"으아아앙!"

특히 괴인의 눈을 정면으로 마주했던 일대제자 정헌은 복받쳐 오르는 설움을 참지 못하고 아이처럼 대성통곡을 터뜨렸다.

그 난리에 고개를 휙 돌린 염호가 흠칫 얼굴이 굳어졌다.

'애들이 단체로 미쳤나?'

그러다 다시 살피니 조금은 그 심정이 이해가 되기도 했다.

불과 일 년 전까지만 해도 세상 물정 모르고, 약해 빠지기만 했던 순진한 도사들이었다.

그런 애들이 여태 겪어보지 못했던 모진 고초와 두려움을 느꼈을 터이니.

"그래, 그래. 안다. 알아."

염호가 고개를 끄덕끄덕 위로의 말을 내뱉으며 화산파 도사들을 향해 갈 때였다.

나의 권속은 들으라!

"……!"

염호가 벼락을 맞은 것처럼 흠칫했다.

휙 돌아간 염호의 고개.

괴인의 눈에서 뿜어지던 붉은빛의 광망이 더없이 강렬해지고 있었다.

마치 자그만 태양이 두 눈에 박혀 섬뜩한 빛을 뿜는 것만 같았다.

그걸 바라보는 염호의 얼굴에 말도 못할 긴장감이 서렸다.

점점 치 떨리기 시작하는 염호의 눈자위.

"흑제?"

내 권능에 속한 나의 권속은 들으라.

"뭐, 뭐야?"
백 년 세월을 넘어 다시 들려온 익숙한 목소리에 염호는 당황함을 감추지 못했다.

피의 강 속에 다시 일어섰으니 본좌를 경배하며 맞으라.

"……."

열사의 사막에 눈이 내리고, 얼음의 대륙에 불의 비가 내릴……

"너 뭐야? 이 새퀴야!"
어둠의 공간을 웅웅 울리던 기괴한 목소리를 뚝 끊어버린 염호.

나의 권속은…….

"뭐냐고, 이 씹새야? 너 흑제 맞아?"

…….

붉게 타오르던 안광이 껌뻑거리기만 했다.

"뭐야? 감짝 놀랐네, 휘유~"

염호가 맥이 탁 풀린 소리와 함께 긴 한숨을 토해냈다.

동시에 염호의 손이 벼락처럼 괴인을 향해 뻗어 나갔다.

쑥!

퍼걱!

검은빛 하나가 삽시간에 괴인의 머리통을 반 토막으로 쪼
갠 뒤 염호의 손으로 되돌아왔다.

탁!

어느새 자그마한 손도끼 하나가 염호의 손에 들려 있었다.

패왕부와 함께 염호의 애병인 흑뢰정이었다.

"젖도 아닌 게……. 카악, 퉤."

얼마나 빠른 출수였는지 염호를 지켜보던 장로 중 누구도
그 공격이 어떻게 시작했다 어떻게 끝난 것인지 알아본 이가
없었다.

그저 정수리부터 턱까지 반으로 쪼개진 괴인의 머리통에
서 시꺼먼 진액들이 줄줄 흘러나오는 것만 확인했을 뿐이다.

크르륵!

"……?"

"놈은 죽으면 죽을수록 숫자가 늘어납……."

이미 수차례 괴인의 기괴한 능력을 접한 진무가 다급하게 소리쳤고, 염호는 와락 인상을 찌푸렸다.

"하긴, 이렇게 간단할 리 없지."

염호가 빈 손바닥을 쭉 내뻗었다.

후우웅! 후우웅!

저 멀리 바닥에 꽂혀 있던 패왕부가 빙글빙글 휘돌며 염호 손으로 빨려 들어왔다.

패왕부를 한 손으로 가볍게 낚아챈 염호가 그걸 다시 어깨에 척 걸쳤다.

반대편 손의 흑뢰정은 바지춤으로 툭 꽂아 넣은 염호가 양손을 깍지 낀 뒤 이리저리 비틀었다.

그러면서 몸이라도 풀 듯 목을 양쪽으로 까딱까딱 꺾었다.

뚜둑! 뚜둑!

목에서 뼈마디가 풀리는 소리가 연이어졌다.

마치 준비운동이라도 하는 것처럼 폴짝폴짝거리기도 했다.

건들건들 이리저리 몸을 푼 염호가 다시 패왕부와 흑뢰정을 꺼내 양손에 바짝 움켜쥐었다.

"한 번 보자. 언제까지 살아날 수 있는지."

후웅! 후웅!

패왕부가 휘돌며 내는 거친 바람 소리가 어둠 가득한 공간

속을 메아리쳤다.

후아아— 앙!

쪼개진 머리통에서 시꺼먼 진물을 게워내고 있던 괴인을 향해 그대로 내려꽂힌 패왕부.

쿠콰쾅!

거대한 폭음이 터지고 사방으로 시꺼먼 살점들이 튀어 올랐다.

거대한 먼지구름이 원통 모양으로 끝없이 치솟아올랐으며 패왕부가 꽂힌 그 자리엔 엄청난 깊이의 구덩이 생겨났다.

새빨갛고 기괴한 안광을 뿜어내던 괴인은 형체조차 보이지 않았으며 구덩이 안쪽과 주변으론 시꺼먼 진물 덩어리들만 가득했다.

"오오오옷!"

"역시, 태사조님!"

화산파 장로들과 일대제자들은 격앙된 감정을 주체하지 못했다.

단지 괴인이 육편이 되어 사라졌다는 것 때문만이 아니었다.

이제껏 시꺼멓게 하늘을 뒤덮고 있던 장막이 땅바닥 어디론가 쑥 빨려 들어가듯 순식간에 사라져 버렸기 때문이었다.

새파란 하늘과 눈부신 볕을 다시 보게 된 화산파 도사들은 감동을 주체하지 못하고 오직 염호만을 바라봤다.

"저것이 검신 태사조님의 최후 심득……."

장문인 진무의 입에서 흘러나온 탄식, 연이어 신웅담의 입에서 거들 듯 한마디가 더해졌다.

"매화천강추(梅花天罡鎚)… 태사조님… 흐흐흑."

옷소매로 눈물을 찍어내는 신웅담의 두 눈에도 오직 염호밖에 없었다.

"아미… 타… 불!"

때마침 화산 도사들과 멀찌감치 떨어져 있던 소림 승려들 사이에서 힘을 잃은 불호 소리가 들려왔다.

창백한 얼굴빛으로 일제히 몸을 휘청거리는 소림 승려들은 서로가 서로를 부축하며 간신히 몸을 세운 모습들이었다.

그들 또한 나한진을 유지하느라 한계치까지 공력과 심력을 쏟아부은 모습을 고스란히 내비쳤다.

그나마 상태가 온전해 보이는 중년 승려 몇이 염호와 화산 도사들이 있는 쪽으로 발걸음을 옮기려 했다.

얼굴 가득 경이로움과 찬탄, 존경과 고마움의 빛을 감추지 못한 승려들이 염호 쪽을 향해 다가오려는 것이다.

"튀어."

"……?"

"……?"

"빨리 튀어라. 좋지 않다."

염호는 화산파 도사들이나 소림 승려들 쪽은 보지도 않고 패왕부를 향해 다시 손을 쭉 뻗었다.

'훙' 소리를 내며 패왕부가 빨려들 듯 염호의 손으로 날아와 붙잡혔다.

"태, 태사조님?"

진무가 조심스러운 목소리로 입을 뗀 순간 염호의 얼굴이 와락 일그러졌다.

"말 안 들려? 뭐라고!"

"……!"

염호의 목소리 끝이 날카롭게 치솟았다.

또한 그 눈은 패왕부가 만든 거대한 구덩이 주변만을 뚫어져라 쳐다보는 중이었다.

스츠츠츠춧.

"……!"

"……!"

순간 화산 도사들은 물론 소림 승려들의 얼굴이 한꺼번에 돌덩이처럼 변해 버렸다.

수십만 마리의 벌레가 기어 다니는 듯한 소리가 사방팔방에서 들려온 것이다.

땅바닥 전체가 우는 것 같은 소름 끼치는 소리. 그 진원지조차 알 수 없는 벌레 소리 같은 것이 끝도 없이 퍼져 나가며 모두를 숨죽이게 만들었다.

"헉!"

"윽!"

대경실색한 음성이 먼저 터져 나온 것은 소림의 승려들 쪽
이었다.

발바닥에 불이라도 난 듯 정신없이 여기저기로 튀어 오르
는 소림의 승려들.

촤라락!

순간 불쑥 땅바닥에서 무언가 치솟았다.

땅에서 솟아난 시꺼먼 진액들은 이번에는 채찍 같은 것으
로 변해 승려들을 휘감아왔다.

"사제! 조심!"

"허억!"

"피해라!"

화산파 도사들 사이에서도 기겁한 목소리가 연이어 터져
나왔다.

바닥이 뭉클거리더니 수십 줄기의 시꺼먼 진물 같은 것이
일시에 치솟아오른 것이다.

사방팔방으로 몸을 피하는 화산의 도사들.

촤랏!

휘리리릭!

"헉!"

미처 피하지 못한 일대제자 반운산의 발목에 진물 같은 것이 휘감긴 순간.

츄츠츠츠!

"크악!"

발목 전체가 타들어가는 소리가 나며 반운산이 엄청난 비명을 토했다.

삽시간에 눈을 하얗게 까뒤집은 반운산.

의식마저 뚝 끊긴 듯 반운산이 맥없이 바닥으로 떨어져 내렸다.

"사형!"

"운산아!"

"이노옴!"

몸을 피하던 장로들은 물론 일대제자 누구 하나 예외 없이 허공에서 그대로 몸을 뒤집었다.

앞뒤 가릴 것 없이 일제히 반운산을 구하기 위해 몸을 날리는 것.

촤아아아악!

수십 가닥의 흉측한 채찍들이 먹잇감을 채듯 되돌아오는 화산파 도사들을 향해 너울거렸다.

"끙!"

그 광경을 지켜보던 염호의 입에서 흘러나온 소리였다.

이미 시꺼먼 진액 안으로 쑥 빨려 들어가 버린 반운산과 그걸 구하겠다고 저 죽을 줄 모르고 득달같이 달려드는 화산파 제자들을 보니 이걸 잘한다 해야 할지 멍청하다 해야 할지 갈피를 잡을 수가 없었다.

어쨌든 그대로 둘 수는 없으니.

우두두둑!

염호의 이마에 시퍼런 힘줄이 터질 듯이 돋아났다.

뿌와아악!

연이어 염호의 옷자락이 한꺼번에 찢겨져 나갈 듯 엄청나게 요동쳤다.

상고의 신력, 몰천력(沒天力)을 극한으로 개방한 염호가 오른발을 들어 있는 힘껏 바닥을 내려찍었다.

쾅!

파지지지지직!

거미줄 같은 균열이 발끝을 따라 섬전처럼 사방팔방으로 퍼져 나갔다.

끄기기기깃!

방원 수십 장의 공간이 일시에 균열로 들썩임과 동시에 시꺼먼 진액이 울부짖는 듯한 소리가 천지를 가득 메웠다.

더불어 그 주변 모두가 믿기 힘든 것처럼 눈을 동그랗게 뜨고 끔뻑거리기 시작했다.

허공으로 뛰어오른 소림 승려들도, 반운산을 구하기 위해 몸을 날린 화산 도사들도 모두 마찬 가지였다.

둥실~

허공에 뜬 채 모두가 그 자리에 멈춰 버린 것이다.

땅바닥 가득하던 진액은 다 어디로 갔는지 수십 장 공간 안은 고요함만으로 가득했다.

염호가 눈살을 찌푸리며 반운산을 봤다.

바닥에 널브러져 부들부들 떨고 있는 반운산.

불룩 튀어나온 힘줄 위로 떨어져 내린 땀방울을 스윽 훔친 염호가 둥실 떠 있는 진무를 바라봤다.

"방해되니까, 얘들 데리고 멀리 가 있어라. 알았지?"

끄덕끄덕!

진무는 그저 고개만 미친 듯이 위아래로 흔들었다.

염호의 고개가 반대편으로 휙 돌아갔다.

"땡중 니들은 특히 더. 멀리, 아주 멀리 가 있어."

염호가 눈에 힘을 빡 주며 나직하게 으르렁대자 소림 승려들 역시 일제히 고개를 끄덕였다.

그때서야 염호가 눈의 힘을 살짝 풀었다.

투두두두둑!

양쪽 멀리 떨어진 공간에서 일제히 바닥으로 떨어져 내린 화산 제자들과 소림 승려들.

그들은 그러고도 당황함을 감추지 못하고 잠시 멈칫거렸다.

"빨리 안 가!"

염호가 빽 소리를 지르자 화들짝 놀란 이들이 미친 듯이 몸을 날리기 시작했다.

반운산을 챙긴 화산 도사들은 뗏목 쪽으로 몸을 날렸고, 소림 승려들은 난주 외곽 쪽으로 향했다.

소림 승려들이 향한 쪽에는 멍하니 완전히 넋이 나가 있는 소화와 이를 붙들고 있는 광치가 있었고, 소림의 승려들은 그들을 챙겨 기련산 능선 쪽으로 몸을 피했다.

그 모습을 가만히 지켜보던 염호의 입에서 나직한 음성이 흘러나왔다.

"애먼 애들 괴롭히지 말고 일루 와. 원 없이 싸워줄 테니까."

패왕부와 흑뢰정을 움켜쥔 염호가 손을 까딱거렸다.

끄기긱!

바닥에서 쑥 치솟아오른 진액이 순식간에 사람의 형상으로 변해 붉은 안광을 뿜기 시작했다.

끄긱! 끄륵! 키득! 키키킥!

여기저기서 불쑥 불쑥 치솟아오르는 괴인들.

붉은 안광을 뿜어내는 백여 명의 괴인이 염호를 포위한 채 하나씩하나씩 모습을 드러냈다.

그럼에도 염호는 표정 하나 달라진 것이 없었다.

"요게 전부냐?"

염호의 나직한 이죽거림.

끄륵?

그 순간 염호의 눈빛이 변하기 시작했다.

백옥처럼 투명한 흰색 눈동자 위로 먹물처럼 검은색 동공이 번져갔다.

구오오오오!

일순간 천지의 공기가 모두 떨어 울리는 듯한 파장이 휘몰아쳤다.

눈동자 전체가 완전히 새까맣게 변해가는 염호.

그 전신으로 어둠보다 더 짙은 기의 장막이 넘실거리며 새파란 하늘 위로 피어오르기 시작했다.

"진짜 마공이 뭔지 보여주마."

第三章

황하의 거친 물살을 타고 커다란 뗏목 하나가 떠내려가는 중이다.

　굵은 통나무를 엮어 만든 뗏목 위엔 창백한 얼굴빛의 도사들이 가득했다.

　근심을 가득 담은 표정으로 지나온 물길 쪽을 하염없이 바라보는 화산파의 도사들.

　"괜찮으시겠지요?"

　"아무렴… 태사조님이 아니신가."

　옥허궁의 장로 서림이 걱정스럽게 물었고 장문인 진무는 조심스럽게 답했다.

두 사람 다 안색이 창백했다.

그럼에도 자신들을 챙기기 보단 홀로 난주에 남은 태사조 염호 생각뿐이었다.

진무는 휘돌아 지나온 물길 쪽에서 눈을 떼지 못했다. 벌써 황토 빛깔 협곡을 몇 개나 굽이쳐 왔으니 난주는 보이지도 않았다.

그럼에도 도저히 고개를 돌리지 못했다.

'태사조님…… . 저희들의 부족함으로 또, 이렇듯 모진 고초를 겪으시다니…… .'

진무는 마음속으로 죄스러움을 뇌까릴 수밖에 없었다.

옆에 선 장로들과 제자들의 마음 역시 다르지 않음을 알기 때문이다.

모두가 비통함과 부끄러움, 걱정과 근심에서 벗어나지 못하는 얼굴이니 자신이라도 먼저 마음을 담대하고 굳게 먹어야 할 때임을 아는 것이다.

이제는 문하 제자들을 챙겨야 할 때였다.

"운산이는 좀 어떤가?"

"전, 괜… 괜찮… 크아악!"

신응담의 부축을 받으며 바닥에 누워 있던 반운산이 고통을 참지 못하고 자신의 발목을 부여잡았다.

시꺼멓게 타들어간 옷자락 아래로 반운산의 다리가 드러나 보였다. 진무나 장로들은 물론 일대제자들의 표정이 말도 못하게 굳어졌다.

화상을 입은 것처럼 잔뜩 일그러진 살점 가운데가 뭉텅 뜯겨져 있고, 시꺼멓게 변한 살가죽 안쪽으로 뼈마디가 훤히 드러난 참으로 흉측한 모습이었다.

그 상태로 의식을 차린 것이 그저 용하다고 여겨질 정도의 중한 상처였다.

"잘라야 합니다."

너무나 차갑게 느껴지는 신웅담의 목소리.

"사제?"

"아, 안 됩… 니다. 저는……."

"이대로 두면 죽는다."

"……!"

"크윽! 신 장로님……."

"정녕, 방법이 없단 말인가? 운산이는……."

장로 범중까지 나섰지만 신웅담은 천천히 고개를 가로저었다.

"사특한 기운은 사라졌지만, 독기(毒氣)가 벌써 피에 섞였소. 사람을 녹여 버리는 그 독이……."

"허……."

"어찌……."

"장… 로… 님……?"

장로들의 탄식 사이로 흘러나오는 반운산의 목소리가 더

없이 크게 떨렸다.

품에 안기다시피 누워 신웅담을 바라보는 반운산의 눈빛은 정말이지 간절했지만, 신웅담은 너무나도 무표정하게 대답했다.

"점혈로 막아두는 것도 벌써 한계다. 목숨과 다리 중 하나를 선택해야 하느니……."

"잘라… 잘라주십시오."

"알았다. 쉬어라."

신웅담이 손끝으로 가볍게 반운산의 머리끝을 찍었다.

힘없이 고개가 떨어져 내린 반운산, 스스로 선택하게 만들기 위해 무리해서 반운산을 깨운 것이다.

반운산을 조심스레 내려놓은 신웅담이 천천히 일어섰다.

스릉.

촤악!

촌각의 망설임도 없이 반운산의 무릎 아래를 싹둑 베어버린 검.

투둑! 드드득!

의식을 잃었음에도 반운산의 몸뚱이가 막 건져 올린 물고기처럼 파닥거리다가 이내 잦아들었다.

의외로 쏟아지는 핏물은 그리 많지 않았다.

독기가 돌지 못하도록 혈도를 막아뒀기 때문이다. 그럼에도 이를 지켜보는 장로들과 제자들 모두 침통하고 비통한 눈빛을 떨쳐낼 수가 없었다.

송자건과 함께 화산의 미래라고 여겼던 제자가 바로 일대
제자 반운산이다.

그 반운산이 불구가 되어버린 것이다.

다리 하나를 잃은 제자가 더 이상 매화검수로 살아갈 수는
없는 일.

그걸 속수무책으로 그저 지켜만 봐야 하는 장로들과 일대
의 사형제들은 억장이 무너져 내리는 감정을 주체할 수 없었
다.

찌이이익!

신웅담이 자신의 도포 자락을 찢어 반운산의 무릎을 꽉꽉
동여매기 시작했다.

그때마다 혼절한 반운산의 몸뚱이가 또다시 움찔거리기를
반복했다.

"반 사형! 흐흑!"

참고 지켜보던 일대제자 몇이 도저히 감정을 주체하지 못
하고 울음을 토해내자 신웅담의 담담한 눈길이 그들을 향했
다.

"운산이를 잃었느냐?"

"……."

"……."

"진짜 잃는 것이 무엇인지 모두 겪지 않았더냐?"

일대제자들은 물론 장로들까지 신웅담의 말 속에 담긴 의미를 알고 흠칫 몸을 떨었다.

다시 볼 수 없는 곳으로 떠나보낸 뒤에야 일대제자가 될 수 있었던 장평. 애써 잊고 지워낸 기억을 그 순간 신웅담이 또렷하게 상기시킨 것이다.

"잘린 것은 피륙일 뿐이다. 살아 있어 앞으로 함께할 수 있으니, 어찌 다행이 아니겠느냐……."

신웅담은 그 말을 끝으로 묵묵히 반운산의 상처를 동여매는 데 온 신경을 집중했다.

핏물로 흥건하게 물들어가는 새하얀 비단 천, 정성스럽게 매듭을 마무리 짓는 신웅담의 손길이 너무나 경건하게 느껴졌다.

일대제자들도 장로들도 모두 가만히 지켜보며 침울한 기색을 서서히 지워낼 수 있었다.

"무량수불! 막내가 이제 진짜 도사가 다 됐구먼."

*   *   *

난주 외곽, 기련산의 능선과 봉우리 하나를 넘은 소림 승려들이 일제히 발걸음을 멈췄다.

"이놈! 정신 차리거라!"

백팔나한의 수좌이며 가율원(加律院) 집법승의 직책을 겸

하고 있는 소림의 승려 공지가 넋이 나간 소화를 다그쳤다.

"사… 부… 님?"

소화는 꿈결을 헤매는 듯한 음성으로 주억거렸다.

그때까지도 소화를 꼭 끌어안고 있던 광치가 겁을 잔뜩 먹은 얼굴로 울먹거렸다.

"흐어엉~ 사형! 괴물이… 괴물이… 사부를, 나 무섭다… 으허허헝."

산만 한 덩치를 한 광치가 어린애처럼 주저앉아 울며 소화의 작은 품에 머리를 비벼댔다.

하지만 소화 역시 풀려 버린 눈동자를 하고는 그저 얼이 빠진 모습을 하고 있을 뿐이었다.

"아미타불, 아미타불! 이 일을 대체 어찌할꼬……."

집법승 공지의 탄식이 더없이 길게 흘러나올 수밖에 없었다.

불성이 그렇듯 허무하게 열반에 들었으니, 이제 소림의 가장 고수는 눈앞의 소화가 틀림없었다.

불성이 앞으로의 백 년을 대비하여 길러낸 마지막 관문제자 소화, 그 소화가 이렇듯 혼백이 빠져 버린 모습에서 벗어나지 못하고 있으니 너무나 큰일이 아닐 수 없었다.

불성을 잃은 것도 크나큰 일인데 소림의 미래인 소화마저 자칫 이대로 꽃도 피워보지 못하고 사라질 위기에 처한 것이다.

상대적으로 공지의 머릿속을 가득 채운 것은 화산파의 어린 태사조였다.

소화보다도 너덧 살은 어려 보이는 소년이었다. 그럼에도 천하를 오시하는 무시무시한 공력과 기경할 무위를 선보이지 않았는가.

이제는 정말 죽었다고 여긴 그 순간 나타나 모두를 구해준 소년 태사조에게 큰 고마움을 느끼면서도, 한 가지 번뇌가 찾아들 수밖에 없었다.

'아미타불! 화산의 영화가 앞으로 백 년간 천하를 아우를 것이니⋯⋯.'

공지의 복잡한 상념이 이어지는 그때였다.

우르르릉!

바짝 마른 산자락 너머로 하늘이 뒤집히는 듯한 우렛소리가 터져 나왔다.

빠직! 파지지직!

연이어 파란 하늘 너머에서 강렬한 뇌전의 빛이 뒤엉키기 시작함이 보였다.

거미줄처럼 뒤엉키며 하늘을 뒤덮는 시커먼 뇌전.

"헉!"

"큭!"

"쿨럭!"

"마… 마기(魔氣)?"

소림의 승려들이 일제히 몸서리를 치며 시뻘건 핏물을 토해냈다.

시뻘건 핏물을 한 움큼 머금은 공지의 얼굴 또한 부들부들 떨렸다.

하늘을 뒤덮어가는 시꺼먼 뇌전을 보는 공지의 눈이 아득하게 변해갔다.

흉측스러운 어둠의 장막 안에 갇혔어도 이 정도 두려움을 느낀 것은 아니었다.

온몸을 쥐어짜며 휘감아오는 소름 끼치는 마기.

그 속에는 분명 이전의 장막과는 또 다른 무시무시한 무언가가 담겨 있었다.

"살기(殺氣)!"

뇌전과 함께 등장한 마기가 품고 있는 또 다른 죽음의 기운.

천살(天殺)마공.

하늘마저 멸한다는 궁극의 힘이 펼쳐진 난주의 하늘은 온통 검은 벼락과 죽음의 기운으로 뒤덮여갔다.

그 소름 끼치는 두려움이 오히려 미몽 속을 헤매던 소화의 정신을 깨웠다.

슝!

벌떡 일어선 소화가 화살처럼 허공으로 솟구쳐 올랐다.

"사형? 같이 가유~!"

울먹이던 광치 역시 그 뒤를 따라 부리나케 육중한 체구를 날렸다.

검은 벼락이 내리치는 죽음 땅을 향해 두 사람이 몸을 날렸으나 소림의 승려들은 그들을 붙잡을 수조차 없었다.

휘몰아치는 마기와 그 안에 담긴 살기를 그저 버텨내는 것만으로도 너무 힘겨웠기 때문이다.

*   *   *

우르르릉!

번쩍!

시꺼먼 벼락이 지상으로 쏟아져 내리며 염호의 전신을 에워쌌다.

새까맣고 자그만 손도끼가 한 번씩 허공을 가를 때마다 그 궤적을 따라 검은 벼락이 번뜩였다.

흑뢰(黑雷).

하늘 아래 가장 강한 금속 곤오강으로 만든 흑뢰정은 그 이름처럼 무시무시한 검은 뇌전을 사정없이 뿜어냈다.

픽!

쩌적!

번쩍이며 한 번씩 사라졌다 나타날 때마다 시뻘건 안광을 토해내던 괴인의 머리통이 수박통처럼 깨져 나갔다.

그럼에도 끝이 없었다.

괴인들은 끝없이 다시 살아났고, 염호의 흑뢰정은 점점 더 빨라지고 더 짙고도 짙은 벼락을 일으켰다.

퍼퍼퍼퍼퍼퍼퍽!

눈으로 쫓지 못할 정도로 빨라진 흑뢰정이 백여 명 괴인의 머리통을 한꺼번에 터뜨리는 듯한 착각이 이는 순간.

그 궤적을 따라 일어난 검은 벼락이 서로 뒤엉키며 천지를 가득 뇌전의 그물 속에 가두는 것 같았다.

그때서야 패왕부가 거대한 파공음을 터뜨렸다.

후아아앙!

후웅! 후웅! 후웅!

강렬한 바람 소리와 함께 패왕부가 마치 사방을 가득 메운 벼락을 한꺼번에 빨아들이는 것 같은 소리를 뿜었다.

쩌저저저저저적!

거대한 궤적을 그리며 날아가는 패왕부 주변으로 어둠보다 더욱 짙은 암흑의 기운이 휘감겼고, 그 기운이 더해진 패왕부가 괴인들의 몸뚱이를 삽시간에 박살 내며 선회하기 시작했다.

퍼퍽! 퍽! 퍼퍽! 퍽! 퍽!

육편이 되어 시꺼먼 진액으로 쏟아져 내리는 괴인들.

탁!

마지막 한 명까지 남긴 없이 가르고 쪼개 버린 패왕부가 다시 염호의 손으로 되돌아왔다.

새파란 하늘이 드러나고 숨소리조차 나지 않는 무거운 적막감이 난주를 휘감았다.

순간 염호의 눈썹이 와락 치켜 올라갔다.

꿈틀! 꿈틀!

완벽히 녹아내린 진액들이 다시 땅바닥 위로 꿈틀거리기 시작한 것이다.

"쩝~!"

염호가 허탈한 표정으로 바닥 위로 스멀스멀 모여들기 시작한 진액들을 봤다.

"정말 이 방법밖에 없는 거냐? 진짜로?"

염호는 혼잣말을 툭 내던지곤 하는 수 없다는 듯 패왕부와 흑뢰정을 각기 어깨와 허리춤에 꽂아 넣었다.

"그래~ 함 해보자는 거지?"

입술을 쭈욱 내민 염호.

"후우웁!"

염호가 호흡을 확 빨아 당기자 그 입을 향해 엄청난 바람이 생겨났다.

끄기기긱?

바닥에서 꿈틀대던 시꺼먼 진액들이 그대로 염호의 입속으로 빨려 들어오기 시작했다.

쉬이— 익!

공기가 한꺼번에 빨려 들어가는 소리가 끊이질 않았고 염호의 두 볼은 터져 나갈 것처럼 잔뜩 부풀어 있었다.

"후우우웁!"

아랫배 역시 산달의 임산부처럼 점점 더 크게 부풀기만 했다.

숨을 한껏 머금은 두꺼비처럼 빵빵하게 부푼 염호의 배가 팽창되는 속도를 이기지 못하고 그대로 터져 버릴 것만 같았다.

꾸르르륵! 꾸륵!

무언가 뒤엉키며 요동치는 소리가 염호의 뱃속에서 끝없이 흘러나왔다.

쉬익!

"후웁!"

남은 마지막 한 올의 진액마저 모조리 빨아들인 염호가 입을 꽉 다물며 눈을 부릅떴다.

"……!"

그 순간 푸릇하게 돋아 있던 이마 위쪽 힘줄들이 먹물에 적신 한지처럼 삽시간에 검게 물들어갔다.

연달아 목덜미를 타고 시꺼멓게 변색된 힘줄이 수십 마리의 지렁이처럼 꿈틀대며 얼굴 쪽을 향해 밀려왔다.

"갈(喝)!"

부릅뜬 눈으로 염호의 입에서 터져 나온 일갈.

난주를 둘러싼 산자락 전체가 뒤집어질 듯한 엄청난 고함이었다.

그 순간 검은 동공으로 가득하던 염호의 눈동자에서 진액과는 비교도 할 수 없는 새까만 광망이 폭사됐다.

후아아아아악!

그 새까만 빛이 염호를 둘러싼 채 비척거리던 백여 명의 괴인을 삽시간에 휩쓸고 지나갔다.

파자자자자자작!

괴인들의 몸뚱이에서 일제히 살얼음이 깨지는 듯한 소리가 진동했다.

츳츠츠츠츠!

붉고도 두렵기만 하던 괴인들의 적안(赤眼)이 꺼지기 직전의 촛불처럼 힘을 잃어갔고 그 빛은 머잖아 완전히 명멸되었다.

그 순간.

차장창창! 창! 창! 창!

속이 텅 빈 사기그릇처럼 깨진 괴인들이 바닥으로 무너져 내렸다.

여전히 터질 듯 볼이 부푼 염호의 눈썹이 꿈틀한 것도 그 순간이었다.

꽉 다물었던 입을 쩍 벌린 염호.

"끄어억~ 끄윽!"

푸쉬시쉭!

긴 트림 소리가 터지더니 연초를 태운 것 같은 흰 연기가 목구멍 속에서 길게 뻗어 나왔다.

푸쉭! 푸쉭!

연달아 염호의 콧구멍 속에서도 두 줄기 연기가 거칠게 뿜어졌다.

그게 끝이 아니었다.

푸쉬쉬쉬쉭! 쉬이~ 익! 쉬익!

너덜너덜 변한 염호의 옷자락 사이를 뚫고 전신의 땀구멍에서 새하얀 연기가 끝도 없이 솟아올랐다.

그러고 나서야 터질 듯 부풀어 올랐던 배도 바람 빠진 풍선처럼 서서히 가라앉았다.

얼굴까지 타고 올랐던 시꺼먼 힘줄들은 어느새 푸릇하게 변했으며 온통 새까맣던 염호의 눈동자의 새하얀 빛 역시 어느새 제자리로 돌아왔다.

"후아~!"

더 이상 연기가 나지 않게 돼서야 염호의 입에서 긴 한숨이
토해졌다.

"에고, 에고. 죽겠구나……."

생긴 것만 보면 영락없는 소년인데, 허리를 툭툭 두드리고
앓는 소리를 내는 그 모습은 세상 다 산 노인의 그것이었다.

염호의 얼굴도 피곤에 절어 파김치처럼 변해 버렸다.

그만큼 지난 며칠간의 여정이 피를 말릴 정도로 고됐다는
뜻.

땀과 먼지, 피곤이 더해져 시커멓게 뜬 염호의 얼굴이 주변
을 스윽 둘러보더니 입을 뗐다.

"나와!"

아무것도 없는 텅 빈 공간을 향해 흘러나온 목소리.

"얼른 나와. 끝은 봐야 할 거 아냐?"

츠츠츠츠츠츳!

그 순간 바닥으로 떨어져 내린 괴인의 파편들이 일제히 벌
레 떼처럼 치솟았다.

새까맣게 뭉친 그것들이 허공을 선회하더니 흐릿한 사람
의 형상으로 한데 뭉치기 시작했다.

"흑제는 아니고, 흑제의 사념(死念) 덩어리 같은 거냐?"

스츠츠츠츳!

대답할 힘을 잃은 것인지 흐릿한 사람의 형상을 이룬 파편들은 서로 부대끼며 아우성치기 바빴다.

"조용!"

염호의 날선 음성이 토해지자 난리를 부리던 파편들이 삽시간에 숨죽였다.

츠츠츠츠츠츠츠!

서로 뭉쳐 오들오들 떠는 그 모습은 한눈에도 두려움에 잠식된 모습이었다.

"잡귀도 못 되는 것들이 어디서!"

염호가 나직하게 한 번 더 으름장을 놓자 검은 파편들은 일제히 숨을 죽였다.

염호가 슬쩍 주변을 살피더니 손끝을 까딱했다.

슈앙.

바닥에 버려진 검 한 자루가 염호의 손으로 그대로 딸려 들어왔다.

검병에 새겨진 매화 무늬와 그 끝에 매달린 푸른색 수실을 본 염호가 살짝 미간을 찌푸렸다.

"매화검수란 놈이 칠칠맞게 검이나 잃어버리고… 쯧~"

손에 들린 검은 반운산의 것이었다.

모두를 위험에 빠뜨린 것도 모자라 제 무기까지 잃어버린 요번 일은 나중에라도 단단히 혼구멍을 내줄 생각이었다.

"일단은 오행항마진결을……."

염호가 자세를 바로 한 뒤 검을 세웠다.

검신 한호의 무공을 펼치려는 것이다.

마령이야 본래부터 마공으로만 상대하도록 만들어진 괴물이었다.

상대할 방법이 없어 모조리 먹어치운 뒤 선기(善氣)로 바꿔 세상에 돌려놓은 것이다.

하지만 지금 눈앞에 남은 건 그렇게 해결될 게 아니었다.

혼(魂)도 아니고 그저 백(魄)만 남은 것이라 잡귀 축에도 못 드는 놈이었다.

그런 걸 상대하는 건 항마력이 딱이었다.

짐작해 보건대 흑제 그 인간이 살아서 마령을 완성한 게 아니라 죽기 전에 원념 같은 것으로 만든 것 같았다.

당시 뭔가 부작용이나 실수가 있었을 것이다.

괴물로 변한 마령이 십만대산의 마교도를 모조리 잡아먹어 버린 것이 아닐까 하는 생각까지 가능했다.

"뭐, 어쨌든 흑제 그 인간만 아니면……."

검끝을 바로 세운 염호.

두 손가락으로 검신을 스윽 훑자 새하얀 검신이 우웅 소리를 내며 공명을 시작했다.

항마력으론 화산과 최고의 무학이 바로 검신 한호가 익힌 오행항마진결이다.

그 위력은 처음 한호 흉내 내겠다고 할 때 쌍코피가 터지도록 느꼈으니 의심할 필요가 없었다.

염호가 검을 세우고 항마진결을 운용하기 시작하는 그때였다.

주룩! 투두둑!

"......!"

콧속에서 새빨간 코피가 봇물 터진 것처럼 쏟아져 내리기 시작했다.

"큼~! 아! 진짜."

염호가 황급히 콧구멍을 손가락 두 개로 틀어막으며 코맹맹이 소리를 토했다.

"뭐 이래? 아, 진짜!"

탈태환골에 반로환동을 했고, 내공만 봐도 노화순청을 넘어 천의무봉, 천인합일의 경지에 이른 자신이 코피까지 쏟아 내고 있는 것이다.

'하긴, 그렇게 무릴했으니.'

상황을 이해한 염호가 혼자 고개를 끄덕였다.

나흘 밤낮 동안 꼬박 수만 리를 날아와 지독한 싸움을 벌였다.

그 와중에 정공과 합치시킨 천살마공을 분리해 극한으로 끌어 올린 뒤, 마령까지 모조리 집어삼켜 버렸다.

몸 안에 미세하게 마기의 여운이 남아 있을 수밖에 없는 때 다시 항마의 상극으로 으뜸인 오행항마진결을 일으켰으니.

마기와 항마력이 몸 안에서 충돌한 것은 너무나 당연한 일이었다.

"안 죽은 게 용하다. 쩝."

멋쩍은 혼잣말을 토한 염호가 다시 눈앞을 봤다.

흐릿한 사람의 형상을 하고는 있는 파편들은 여전히 두려움을 못 이기고 서로 부대끼고 있었다.

"요걸 어쩌나?"

염호가 다시 혀를 찼다.

코피를 쏟고 나서야 알게 됐는데 지금 몸 상태가 완전히 엉망인 것이다.

그때였다.

"엥?"

"이놈!"

"사형! 지도 가유~!"

기련산을 넘어 소화와 광치가 미친 듯이 쏘아져 왔다.

염호가 와락 인상을 찌푸렸다.

아까 소림 승려들이 도망칠 때 봤을 뿐 두 사람이 누군지 전혀 모르는 염호였다.

그런데도 그 펼치는 경공신법만으로도 한눈에 소림과 개

방의 무공임을 알아볼 수 있었다.

선하불영보를 펼치는 소화와 취투견광보로 그 뒤를 따르는 광치.

그 운신만으로 절대경에 이른 고수임을 파악하는 것은 어려운 일이 아니었다.

그럼에도 염호의 인상은 점점 더 일그러지기 시작했다.

"사부님의 원수를 갚겠다!"

소화의 신형이 금빛 그림자를 남기며 미끄러지듯 날아올랐다.

후웅!

황금빛 서기를 품은 소화의 주먹!

소림의 절기 아라한신권이었다.

그 뒤로 쿵쿵거리며 뛰던 광치가 육중한 체구를 허공 위에 그대로 띄운 뒤 몸을 뒤집었다.

슈악!

'취두공타?'

염호의 얼굴이 더욱더 구겨졌다.

개방의 실전 무학 중 으뜸으로 알려진 박치기가 무시무시한 힘을 담은 채 자신을 향해 쏟아지고 있는 것이다.

소화가 펼치는 아라한신권 역시 그 목표물은 바로 염호 자신이었다.

가뜩이나 오행항마진결 때문에 죽을 것 같은 상황인데 예기치 못한 공격을 당한 것이다.

짜증이 물밀 듯이 온몸을 휘감았다.

"이것들이!"

빠각!

"컥~!"

날아오던 속도보다 몇 배는 빠르게 튕겨지는 소화, 하지만 광치보단 상태가 훨씬 괜찮았다.

턱!

수직으로 내리꽂힌 광치의 머리통이 염호의 손바닥에 그 대로 달라붙었다.

빠직!

"우욱! 아, 아파. 아파유~! 아프구만유~!"

엄청난 덩치의 광치를 한 손으로 번쩍 든 염호의 얼굴이 더욱 일그러졌다.

"큭!"

기어이 염호의 입술을 비집고 검게 변한 핏물이 울컥하며 토해졌다.

"뭐냐? 니들은?"

손마디에 힘을 살짝만 주면 광치의 뇌수를 터뜨려 버릴 수 도 있었다.

하지만 그럴 이유가 전혀 없었다.

딱 봐도 소림과 개방이면 정파 쪽이었다.

지금은 자기도 정파고.

그럼 결국은 같은 편이란 말이었다.

"응?"

광치를 번쩍 들고 있던 염호가 고개를 갸웃했다.

뇌속 혈관 하나가 막혀 있는 것이 느껴졌다.

"아, 아파유! 잡아먹지 마세유! 지는 맛이 없구만유."

손에 거꾸로 붙들린 광치가 죽는다고 소리쳤지만 염호는 인상만 더욱 찌푸렸다.

대강 어찌 된 상황인지 짐작한 것이다.

마령을 집어삼킨 것을 보고 뭔가 오해를 한 것.

"어이, 너."

염호가 소화를 불렀다.

두 눈에 타오를 것 같은 적의를 뿜어내는 소화를 보며 염호가 나직하게 소리쳤다.

"번지수가 틀려."

"……."

"나 화산파 태사조야."

"……!"

"원수는 저기 저놈이고."

염호가 손끝으로 검은 파편을 가리켰지만 소화의 눈빛은 염호를 향해 매섭게 번들거리기만 했다.

광치를 인질처럼 붙잡고 있기 때문.

"아! 이놈? 머리에 문제가 좀 있네."

"……?"

"내가 고쳐줄까?"

"……."

第四章

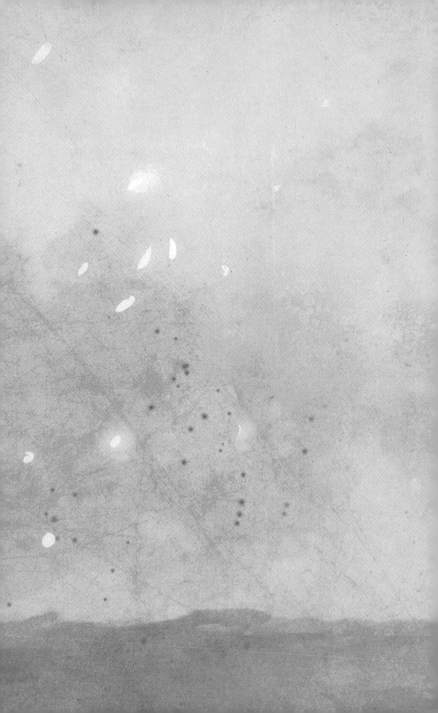

화산파 도사들을 태운 뗏목이 굽이쳐 흐르는 협곡의 거센
물살을 아슬아슬하게 타 넘었다.

급하게 꺾어지는 물길을 지난 뗏목이 양쪽으로 삐죽 솟은
황토 협곡을 빠져나왔고 거기서부터 강폭이 갑작스레 넓어졌
다.

물의 흐름 역시 거짓말처럼 잔잔해져 뗏목 또한 그 흐름을
따라 천천히 떠내려갔다.

화산파 도사들의 표정이 확 달라진 것도 그 무렵이었다.

잔잔하게 흘러 내려가는 황하의 물줄기가 크게 휘어져 꺾
이는 여울 주변으로 수십 척의 뗏목과 사람들이 모여 있었기

때문이다.

토사가 쌓여 이룬 강변 여울목엔 수많은 사람이 운집해 있었고 그 옆으로 군선 한 척이 정박해 있는 것도 보였다.

"사제들!"

쩌렁쩌렁한 목소리가 강줄기를 타고 올랐다.

군선 위 갑판에서 송자건이 팔짝팔짝 뛰며 양팔을 미친 듯이 흔들었다.

"와하하하핫! 여기다, 여기!"

장로들과 사제들을 확인한 송자건은 주변 시선은 전혀 아랑곳하지 않고 미친놈처럼 소리치며 웃었다.

얼마 되지 않은 시간 동안 혼자 겪은 온갖 마음고생이 단번에 씻겨 나간 것 같은 표정이었다.

하지만 뗏목 위에서는 송자건처럼 떠들썩하게 화답할 수가 없었다.

다리 하나를 잃은 반운산도 그랬지만, 도망치듯 태사조만을 덩그러니 남겨두고 왔기 때문이다.

느려진 물살을 따라 뗏목이 강변으로 이동하는 동안 화산파 도사들의 얼굴이 침통하게 변해갔다.

반면 모여 있는 피난민들 사이로 술렁임이 걷잡을 수 없이 커져갔다.

"난주는 어떻게 됐습니까?"

"별 탈은 없는 겁니까?"

"돌아가면 안 됩니까? 지들이 가면 어디로 갑니까요?"

뗏목이 뭍에 닿기도 전에 여기저기 아우성치는 목소리가 가득했다.

어림군 병사들과 하류로 떠내려간 주민이 대부분이었지만 멀리 떠나지 못한 채 그곳에서 발만 동동 구르는 난주 주민도 수백 명이 넘었다.

"저기 언덕을 넘으면 임하라는 마을이 있답니다. 협곡을 넘으면 난주로 가는 육지 길이 있어, 다들 여기 남은 사람들입니다."

때마침 갑판 위 송자건이 그들의 사정을 설명했다.

강가에 몰려든 주민들은 한껏 부푼 기대와 떨치지 못하는 두려움을 동시에 머금은 눈으로 화산파 도사들의 입이 열리기를 기다렸다.

피난을 가라고 해서 나서긴 했지만 어디에 연고도 없는 처지에다, 며칠만 지나면 딱 굶어 죽기 십상이라 멀리 갈 수가 없는 주민들이었다.

그런 사정을 알아챈 장문인 진무가 그들을 둘러본 뒤 조심스럽게 답했다.

"무량수불! 난주는 무탈할 것이외다."

진무는 자신의 바람까지 섞어 입을 뗐지만 그게 또 주민들에겐 전혀 다른 말로 들렸다.

"으와! 와아아!"

"화산파 만세!"

"만세!"

일제히 터져 나온 함성, 주민들은 서로 부둥켜안고 울먹이며 화산파를 연호하느라 난리였다.

반면 입을 뗀 진무나 화산 도사들의 표정은 어두워질 수밖에 없었고.

"장문진인?"

뭔가 이상함을 느낀 송자건이 고개를 갸웃하다가 두 눈을 부릅떴다.

"운산아?"

그제야 장로들과 사제들에 가려졌던 반운산과 텅 비어 버린 다리가 보인 것이다.

송자건이 그대로 몸을 날린 뒤 수면을 단번에 박차고 뗏목 위로 떨어져 내렸다.

"운산아! 운산아!"

송자건의 목소리가 찢어질 것처럼 토해졌지만 누구도 그를 말리지 않았다.

깊은 잠에 든 반운산을 붙잡고 통곡하는 송자건의 마음을 너무나 잘 아는 탓이었다.

송자건과 반운산, 특별하고 각별했던 사제 간의 우애와 정을 너무나 잘 아는 탓이었다.

그 절규가 어찌나 처절했는지 여태 기뻐 날뛰기에 정신없던 주민들마저 일제히 숨을 죽였다. 그들의 시선이 뗏목 위로 향하며 다리 하나가 잘린 도사와 핏물로 가득한 뗏목 위의 모습을 확인했다.

뗏목이 천천히 강변에 이르는 동안 주민들은 더없이 숙연한 표정으로 변해갔다.

강변의 주민들은 뭍에 오르는 화산파 도사들을 향해 더없이 경건하고 고마운 얼굴로 머리를 숙였다.

"무… 무량… 수불……."

주민 중 늙은 노인 하나가 어색하면서도 조심스러운 목소리로 도호를 읊었다.

화산파 장로들과 도사들이 노인을 향해 일제히 합장하며 머리를 숙이자 주민들이 앞다투어 도호를 외치기 시작했다.

"무량수불……."

"무량수불……."

뜻도 제대로 알지 못하면서 태상노군을 향해 비는 그들의 음성 안에 진심과 고마움이 가득함을 느낀 화산파 도사들의 표정도 더없이 경건해질 수밖에 없었다.

"무량수불! 상청의 가호가 임하기를……."

장문인 진무의 나직하면서도 흔들림 없는 목소리가 그곳 주민들에게 축원처럼 이어졌다.

그 순간이었다.

진무를 비롯한 화산파 장로들의 고개가 일제히 강 하류 쪽으로 휙 돌아갔다.

촤아악! 촤아악!

잔잔한 수면 위를 가르는 소리가 들려왔다.

마치 빙판 위를 미끄러지듯 누군가 황하의 물줄기를 엄청
난 속도로 거슬러 오르는 것이다.

두 다리가 물살을 헤칠 때마다 '촤아악' 소리와 파랑이 일
었으며, 그 소리의 주인공은 눈이 부실 만큼 아름다운 여인이
었다.

화산파 도사들에게도 너무나 익숙한 얼굴, 규중화 연산홍
이었다.

"같이 좀! 같이 좀 가자, 요것아!"

그녀가 가르고 지난 수면을 요란하게 뒤따르는 인영이 하
나 더 있었다.

촤촤촤촤촤촤촤악!

두 다리가 마차 바퀴처럼 요란하게 움직이며 수면이 요동
쳤다.

개방의 취성이었다.

그 취성이 연산홍의 꽁무니를 간신히 뒤쫓으며 따라붙고
있는 것이다.

앞서 물 위를 내달리는 연산홍의 고운 얼굴 위로 송골송골
맺힌 땀방울이 가득했다.

한눈에도 사력을 다하고 있음이 느껴지는 모습.

"……!"

여울목 강변에 멈춘 화산파 도사들을 발견한 그녀의 얼굴이 더없이 굳어졌다.

그 와중에 진무와 눈이 마주친 그녀의 눈가가 한 차례 거세게 흔들렸다.

마주 본 진무의 표정만 보고도 난주에 뭔가 위급한 일이 벌어졌음을 짐작한 것이다.

그녀는 내달리는 와중 살짝 고개만 끄덕여 인사를 건넸을 뿐이다.

그리곤 오히려 속도를 더하는 연산홍.

쏴아아— 촤아아악!

미끄러지듯 쭉쭉 나아가던 그녀의 두 발이 수면 위로 점점 떠오르더니 그대로 화살처럼 쏘아지기 시작했다.

그녀가 지나간 자리를 따라 거센 물기둥이 치솟았고, 취성의 고함 소리 역시 더해졌다.

"요것아! 천천히 좀!"

촤차차차차촤촤악!

취성의 두 다리가 남긴 요란한 물보라가 여울목 쪽까지 밀려들 즈음 두 사람은 굽이쳐 휘도는 협곡의 상류 쪽으로 사라졌다.

창!

순간 진무가 갑작스레 검을 빼 들자 장로들이 당황했다.

"나는 가봐야겠네. 뒤를 부탁함세."

검을 강 쪽으로 휙 집어 던진 진무가 곧바로 붕 몸을 날렸다.

타탁!

수면 위에 뜬 검 위로 둥실 떨어져 내린 진무의 발.

쑹!

촤― 아― 악!

진무를 태운 검이 황하의 물살을 절반으로 가르며 상류를 향해 그대로 쏘아졌다.

그때였다.

"뒤를 부탁하네! 사제들!"

휙!

촤― 아아아!

이곳 장로 중 가장 맏인 범중이었다.

"나도, 그럼!"

슝―! 촤아악!

"부탁함세."

"막내가 여기 책임자지? 수고하게."

촤촤촤촤― 촤아악!

연달아 장로들이 어검비행을 펼치며 상류를 향해 쭉쭉 사라져 갔다.

남은 장로라곤 신웅담뿐이었다.

"여기는 저희가 책임지겠습니다."

"가셔도 됩니다, 장로님."

"저희를 믿으십시오."

송자건을 비롯한 일대제자들이 망설이는 신응담을 보며 두 눈에 힘을 빡 줬다.

하지만 신응담은.

"끄응……."

어검비행을 못했다.

＊　　　＊　　　＊

후우우웅!

소화의 손바닥을 따라 일어난 황금빛 서기가 엄청난 크기로 자라났다.

순식간에 커진 거대한 장인(掌印)이 그대로 지면을 덮쳐왔다.

쿠콰쾅!

다섯 개의 거대한 골이 파였다. 마치 부처가 내리찍은 듯한 거대한 손바닥 자국이 그곳에 생겨났다.

짝! 짝! 짝!

손뼉 치는 소리가 들려오자 소화가 고개를 돌렸다.

"항마촉지인이지? 탁월한 선택이다."

염호가 창백한 안색을 한 채 헤죽 웃고 있었다.

지긋지긋하던 흑제의 원념 또한 그렇게 마지막 소멸의 때를 맞이했다.

염호를 향해 천천히 돌아선 소화가 더없이 공손하게 두 손을 모았다.

"이 손으로 직접 사부님의 원수를 갚을 수 있도록 배려해주신 은혜, 죽어서도 평생 잊지 않겠습니다."

"그럼~ 그럼. 그런 은혜는 절대 잊지 말아야 사람이지."

"아울러 광치 사제의 뇌맥을 뚫어주신 것 역시 두고두고 가슴에 새기겠습니다."

한쪽 바닥에 쪼그리고 앉아 운공삼매경에 빠진 광치를 보며 소화는 더없이 감격한 얼굴이었다.

어렸을 적 무리하게 철두공을 익히다 머리를 크게 다친 광치는 그때부터 팔푼이가 되어버렸다.

그런데 눈앞의 염호가 그걸 고쳐준 것이다.

운공을 시작하기 전 내비친 광치의 맑고 뚜렷한 눈빛, 십여 년 만에 다시 맑고 정광이 가득한 눈을 봤으니 염호의 말을 추호도 의심치 않았다.

더구나 상대는 현재 강호를 가장 떠들썩하게 만들고 있는 화산파의 어린 태사조가 아닌가.

소화 역시 비록 소문뿐이지만 그 존재에 대해 너무 잘 알고 있었다.

"참 외람되오나……."

"응?"

"앞으로 형님으로 모시고 싶습니다."

"응? 형님?"

느닷없는 소화의 말에 염호가 눈을 동그랗게 치떴다.

"넵! 형님으로 모시고 싶습니다."

"끙, 내 나이가 몇인데 너랑……."

설핏 당황한 염호.

하지만 소화는 전혀 다른 쪽으로 염호의 말을 이해했다.

"제가 광치 사제보다 네 살이나 어립니다. 하지만 제가 사형입니다. 위아래는 나이로 정해지는 것이 아니지 않습니까."

"그게 아니라……."

"화산과 소림은 서로 길이 다르니 항렬에 얽매일 이유도 없지 않습니까."

소화는 너무나 적극적이었다.

"그러니까……."

"젊은 사람끼리 의기투합함이 어찌 사문에 흉허물이 되겠습니까?"

"으응? 젊음?"

"네, 형님! 광치와 이 소화는 도원의 맹세보다 더한 결의로 염호 형님을 평생 모시고 따르겠습니다."

"흐음? 진짜?"

"넵!"

"평생?"

"넵, 형님!"

염호의 얼굴이 살살 흔들리기 시작했다.

초롱초롱 빛나는 소화의 눈빛이 한껏 기대를 품은 채 염호를 향했다.

"널 어떻게 믿고?"

"네에?"

많이 당황한 소화.

"오늘 처음 봤잖아?"

"……."

"우리가 말 몇 마디로 믿고 말고 할 만큼 깊은 사인가? 본지 얼마나 됐다고?"

"……."

"대환단 같은 거라도 하나 주면 모를까. 아쉬운 대로 소환단이라도……."

"서둘러 운공조식을 하시면 제가 호법을 서드리겠……."

"그러니까 널 어떻게 믿고?"

사실 지금 염호의 상태는 그야말로 엉망의 엉망이었다.

서 있으면서 이렇게 말 몇 마디 뱉는 것조차 힘겨운 지경.

그럼에도 평생 지켜온 원칙은 있었다.

처음 본 사람을 믿고 무방비 상태에 처할 만큼 순진하게 살아온 것이 아닌 것이다.

상대가 아무리 소림의 무공을 쓴다고 해도, 사람이 돌변하는 거야 한순간이지 않은가.

막말로 운기할 때 한 방 실리기라도 하면 골로 가는 건데.

아닌 말로 이 정도 어리고 센 놈이 천하제일을 먹겠다는 생각에 암습이라도 가하면 그냥 인생 종치는 게 아닌가.

오랜만에 천살마공을 극한으로 끌어 올렸더니 옛 버릇과 감각이 확실히 튀어나온 염호였다.

그때였다.

"염! 공! 자! 님!"

염호의 고개가 휙 돌아갔다.

멀리 나루터 쪽을 향해 화살처럼 쏘아지는 연산홍이 보였다.

그녀는 호흡조차 제대로 고르지 못한 모습으로 상류를 향해 미친 듯이 날아오고 있었다.

땀방울이 온 얼굴에 가득했으며 튀어 오른 물방울로 인해 새하얀 옷은 몸에 찰싹 밀착되어 있었다.

눈부시게 내리쬐는 햇살.

그 아래 그녀가 만들어내는 물보라 속으로 일곱 빛깔 고운 무지개가 피어올랐다.

굴곡진 그녀의 아름다운 여체가 무지개를 통과해 염호를

향해 그대로 밀려오는 순간.

꿀꺽!

저도 모르게 침을 꼴딱 삼키는 염호였다.

"염 공자님!"

폐허처럼 변한 대지 위로 뚝 떨어져 내린 연산홍은 걱정 가득한 눈빛과 목소리로 염호를 불렀다.

하지만 염호의 시선은 엉뚱한 곳을 향했다.

물에 젖어 풍만함이 그대로 드러난 그녀의 가슴 쪽을 게슴츠레 쳐다보는 염호.

"음……."

"염 공자님?"

"어…? 응? 와… 왔어?"

"괜찮으세요?"

"으응, 괜찮지……."

약간 당황한 염호.

푸확!

때마침 분수처럼 코피가 터져 버렸다.

"염 공자님!"

연산홍이 놀라 소리치며 염호를 부축하려 했다.

휘청거리는 염호.

띠잉~!

'이거 왜 이래?

뒷머리를 둔기로 맞은 듯한 충격과 함께 몸을 바로 세우기가 힘든 염호였다.

꼴사납게 넘어질 뻔한 걸 가까스로 추스른 염호.

"오, 오해 마라. 너 때문에 코피 난 건 절대 아니다."

"네에?"

"아니, 뭐, 그렇다는……."

눈을 동그랗게 뜨고 되묻는 연산홍을 보다가 염호가 슬쩍 고개를 돌렸다.

고개를 갸웃한 연산홍도 그때서야 주변의 상황을 제대로 살필 수 있었다.

나루터부터 난주 도심은 물론 그 외곽까지 모두가 수천, 수만 발의 포탄을 맞은 것 같은 폐허의 모습이었다.

얼마만큼의 큰 격전이 벌어졌는지 그것만으로도 충분히 짐작할 수 있었다.

거기다 누더기처럼 변한 염호의 옷자락과 창백한 얼굴, 그리고 흘러내리고 있는 코피까지.

"역시, 염 공자님께서… 마교를 무찔러 주신 것……."

연산홍은 조심스러우면서도 들떠 있는 목소리였다.

그녀 역시 세상에 떠도는 흉험하고 무시무시한 소문을 익히 들었다.

수천, 수만의 병사와 백성이 마교로 짐작되는 무리에 의해 죽어나갔다는 이야기를.

"흠흠, 뭐 마교 정도야……."

염호가 머쓱한 얼굴로 버릇처럼 제 볼을 살살 긁었지만 그걸 보는 연산홍의 눈동자는 별빛을 담은 것처럼 빛났다.

자세를 바로잡은 연산홍이 포권을 취하며 염호를 향해 극진한 예를 취했다.

"감사드립니다."

"……?"

"천하의 안녕을 위해 홀로 싸우신 염 공자님의 깊은 뜻에 다시금 감사드립니다."

"뭐… 그렇게까지……."

염호가 뻘쭘한 표정으로 말끝을 흐렸지만 그를 바라보는 연산홍의 눈빛은 흔들릴 줄 몰랐다.

지긋하고 깊고 따뜻한, 한없는 신뢰가 담뿍 담긴 그 눈빛이 살짝 부담스러울 수밖에 없는 염호였다.

여전히 머쓱한 표정의 염호.

사실 천하의 안녕 같은 거엔 코딱지만큼도 관심 없었다.

그냥 화산파 애들이 죽을 자리인 줄도 모르고 쫄래쫄래 나섰다는 것 때문에 미친놈처럼 달려온 것일 뿐.

"이 연산홍, 검신 태사조부터 염 공자께로 이어진 크나큰 뜻을 평생 가슴에 깊이 새기겠습니다."

'꿍~ 새기긴 뭘… 어디에 새긴다고…….'

연산홍의 부담스러운 시선을 피해 눈을 살짝 내리간 염호의 눈에 들어온 것은.

물기가 점차 말라가며 탐스럽게 도드라지고 있는 그녀의 꼭지…….

"푸홧~!"

염호의 코와 입에서 동시에 핏물이 터져 나왔다.

"염 공자님!"

화들짝 놀란 연산홍이 휘청거리는 염호를 붙잡았다.

염호의 머리를 부축하여 그대로 가슴 안쪽으로 끌어안는 연산홍.

연호의 눈이 튀어나올 것처럼 변했다.

바로 눈앞으로 다가온 볼록 솟아난 그녀의!

"흐허헙! 푸웁. 풉!"

코피는 쉴 새 없이 흘러내렸다.

"태! 사! 조! 님!"

염호가 연산홍의 품에서 정신을 차리지 못할 때 천둥처럼 메아리치는 진무의 목소리가 들렸다.

슈아아— 아!

진무를 필두로 화산파 장로들이 검을 탄 채 바람처럼 물길을 거슬러 왔다.

힐끗 돌아간 염호의 눈이 그들을 보곤 파르르 떨렸다.

'뭐하러 돌아왔어~!'

모양 빠지는 모습을 하고는 있었지만 그래도 진무와 장로들을 다시 보니 마음이 팍 놓이는 심정이었다.

확실히 믿을 만한, 진짜 자기편이 왔다는 생각이 든 것이다.

"하아암~! 좀 자도 되겠네."

"네?"

"애들보고 절대 깨우지 말라고 해."

염호의 눈이 스르륵 감겼다.

고개마저 툭 꺾이며 그대로 연산홍의 품속으로 떨어져 내렸다.

엉거주춤 염호를 안고 선 연산홍.

그 주위로 진무와 화산파 장로들이 섬전처럼 떨어져 내렸다.

그래놓고 그들은 멀뚱멀뚱 연산홍과 염호를 지켜볼 수밖에 없었다.

참 묘한 모습과 상황이라 누구도 먼저 말문을 열지 못하는 진무와 장로들.

"깨우지 마시라고……."

"아! 네……."

"……."

"……."

＊　　　＊　　　＊

　난주에 다시 사람들이 모였다.

　떠났던 피난민들이 하나둘 소문을 듣고 되돌아오고, 옥문관으로 진군했던 지휘사의 병력마저 되돌아오자 도시는 활력이 넘치기 시작했다.

　그 와중에 황군에서 파견된 어림군 장수들마저 도착해 상주하기 시작하자, 자그마한 난주 현청 안은 품계 높은 장수와 고위 관리들로 가득 들어차게 됐다.

　현청의 담벼락 밖으로는 주민들이 발 디딜 틈 없이 몰려들어 안쪽에서 벌어지는 일들을 지켜보는 중이다.

　때마침 현청 마당에 도열한 장수들과 전각 앞 계단에 길게 늘어선 관리들이 단상 쪽을 향해 일제히 머리를 조아렸다.

　"보국공 전하를 뵈옵니다."

　근엄한 표정으로 단상에서 일어선 백의 노도사가 대청 앞 마당을 향해 뚜벅뚜벅 걸어 나왔다.

　신웅담이었다.

　마당 앞에는 사지가 꽁꽁 묶인 채 결박된 사내가 있었다.

　"현령 이장보는 들으라."

　신웅담의 우렁우렁한 목소리가 울리자 결박된 사내가 고개를 바짝 쳐들고 울먹이기 시작했다.

　"전하, 억울합니다요. 소인은 절대 도망치려 했던 것이 아니라⋯⋯."

"우우! 이 나쁜 놈!"

"네놈이 배를 죄다 빼돌렸잖아!"

"저놈이 제일 나쁜 놈입니다요! 도사 나으리~!"

"맞습니다. 맞아요!"

담장 밖 주민들의 원성이 한꺼번에 쏟아지기 시작하자 신웅담의 눈매가 살짝 일그러졌다.

"조용!"

나직한 일갈과 함께 신웅담이 매서운 눈을 치켜뜨자 소란은 삽시간에 사그라들었다.

더불어 현령 이장보의 온몸이 파들파들 떨리기 시작했다.

그 역시 이곳으로 잡혀 오는 동안 들은 말이 있었던 것이다.

눈앞의 신웅담이 어떤 위인인지를.

자금성에 난입해 금의위의 수장 육도금의 목을 단번에 잘라내 버린 인물, 그것도 황제가 지켜보는 앞에서 말이다.

정삼품 고위 관리의 목을 그렇게 쳐내 버린 위인인데 하물며 구품 관리인 자신의 목이야 말해서 무엇할까.

"사⋯ 살려⋯ 제발 살려만⋯⋯."

바들바들 떨며 입술을 달싹이는 현령 이장보.

하지만 신웅담의 눈은 북해에서 불어오는 한설만큼 차가운 느낌뿐이었다.

"현령을 목민관이라 칭함이 무슨 이유냐?"

"……?"

"목민(目民), 백성을 보라는 의미이다."

"전… 하…….."

"백성을 두루 살피는 것이 현령의 첫 번째 도리임에도, 너는 이를 어기고 혼자 살겠다고 백성을 저버렸다."

"죽을죄를 졌습니다…….."

"알면 됐다."

"……."

"죽을죄인 줄 알면 됐어."

"전… 전… 하……?"

"전임 현령 이장보의 목을 쳐 효수하고, 백성을 저버린 목민관의 말로가 어찌 되는지를 방방곡곡에 알려 관리들의 표본으로 삼게 하라."

신웅담의 추상같은 목소리가 이어지자 장수들과 관리들이 일제히 머리를 조아렸다.

"추웅~!"

그래도 설마 했다. 고작 하루 이틀 먼저 도망쳤다는 것만 가지고 죽이기야 하겠냐는 마음이 있었던 것이다.

이장보는 아예 넋이 나가 버린 얼굴이었다.

때마침 병사 둘이 다가와 팔짱을 끼자 그때서야 화들짝 정신이 돌아왔다.

"전하! 살려주십, 제발! 살려!"

악다구니를 쓰며 끌려 나가지 않기 위해 바둥바둥거리는 이장보를 신웅담은 냉정한 눈으로 지켜보기만 했다.

"전! 하!"

이장보가 목구멍이 찢어질 정도로 소리쳤다.

그때였다.

"뭐가 이렇게 시끄러워?"

대청 뒤 안채에서 들려온 앳된 목소리였다.

"으하아암~!"

하품을 엄청 크게 내뱉으며 전각을 돌아 나오는 염호가 보였다.

염호를 보자마자 신웅담이 넙죽 머리를 조아렸다.

"삼가 태사조님을……!"

꼬박 나흘 동안 내리 잠만 자던 염호가 드디어 눈을 뜬 것이다.

신웅담이 염호를 향해 고개를 조아리자 관리들과 장수들의 표정과 태도가 일제히 달라졌다.

"저분이 진짜 우릴 구한 분이시다."

"정말 어리시구나."

"어리다니! 저분이 바로 괴물을 무찌른 그분이시다."

"화산파 태사조님 만세!"

"만세!"

"염호 대협 만세."

"만세! 만세!"

담장 밖에서부터 일기 시작한 소란이 걷잡을 수 없이 커져 갔다.

'쩝~'

염호가 내심으로 입맛을 다셨다.

대충 상황만 봐도 어찌 일이 돌아갔는지 짐작이 됐기 때문 이었다.

"나 많이 잤냐?"

"꼬박 나흘을……."

염호가 볼을 살살 긁으며 목을 좌우로 우두둑 꺾었다.

정말 여태 세상모르고 잔 것이다.

물론 몸 상태는 최상이었다.

"딴 애들은?"

"그게……."

말끝을 흐리는 신응담.

그때 여태까지 분위기를 살피던 현령 이장보가 좌우의 병 사들을 뿌리치고 미친 듯이 염호와 신응담을 향해 걸어 나왔 다.

"태사조 전하! 제발!"

염호가 그쪽은 쳐다보지도 않고 손가락을 세웠다.

슉!

퍽!

손끝에서 바람이 한줄기 뻗어 나가 목젖에 꽂히자 이장보가 붕어 새끼처럼 입만 뻥긋거렸다.

점혈이란 것을 눈앞에서 처음 본 관리들과 장수들은 더욱 놀라며 존경심이 가득한 눈길로 염호를 바라봤다.

"진무는 어디 갔고?"

"그것이⋯⋯."

신웅담이 주저주저하며 답을 못하자 염호가 살짝 인상을 찌푸렸다.

그때 현청 담장을 넘어 안쪽으로 사뿐히 날아오는 이가 있었다.

우아한 나비의 날갯짓을 보는 듯 화려한 백의 궁장을 펄럭이며 가볍게 날아내리는 여인.

"염 공자님! 일어나셨군요."

연산홍의 반가움을 감추지 못하는 목소리였다.

'쩝, 에궁.'

염호가 괜히 민망해 살짝 시선을 외면할 무렵, 두 사람 옆으로 다가온 그녀가 조심스레 물었다.

"가보셔야지요?"

"응? 어딜?"

염호가 고개를 갸웃하자 연산홍이 오히려 눈을 크게 뜨며 신웅담을 쳐다봤다.

'아직도 말 안했냐' 하는 눈빛이었다.

"애들이 뭘 어쨌다는 거야?"

"……."

삐딱하게 기울어진 염호의 얼굴을 보곤 신웅담이 땀을 삐질 흘렸다.

염호의 표정이 점점 일그러지자 신웅담이 재빠르게 입을 뗐다.

"태사조님께서 신경 쓰실 일이 아닙니다. 장문 사형과 장로들이 나섰으니 잘 처리할 것입니다."

"흐음……."

염호가 낮은 콧소리를 내며 신웅담과 연산홍을 번갈아 바라봤다.

별것도 아닌 일에 연산홍이 쪼르르 달려와 말을 꺼냈을 리는 없을 터, 염호의 표정이 점점 딱딱하게 굳어졌다.

"신가야."

"네에~ 태사조님."

"진짜 별일 아니야?"

"그렇습니다. 저희들이 알아서 하겠습니다요."

신웅담이 다시 한 번 송구한 표정으로 고개를 조아리자 염호가 고개를 까딱거린 뒤 연산홍을 바라봤다.

"별일 아니라잖아."

어깨를 으쓱하는 염호. 연산홍이 잠시 주저주저하다 말문을 열었다.

"하지만……."

"연 장주! 이 건 본 문의 일이외다. 깊이 관여치 않았으면 하외다."

"하아~"

신웅담이 단호한 어조로 끼어들자 그녀가 어깨가 축 처진 모습으로 낮은 한숨을 토했다.

"쩝, 그러니까 드럽게 궁금하네."

"진짜로 별일 아니옵니다."

"흠, 알았다. 나는 가서 잠이나 더 잔다."

염호가 휙 돌아서 전각 뒤편으로 사라져 버리자, 신웅담과 연산홍 모두 적잖이 당황한 얼굴이었다.

"정말… 괜찮으시겠어요?"

"연 장주가 생각하는 것보다 본 문은 강합니다."

"그래도 상대는 북검회인데……."

전각 뒤편으로 뚜벅뚜벅 걸어가던 염호가 우뚝 발을 멈췄다.

"북검회?"

인상을 와락 찌푸린 염호, 그러다 두 팔을 쫘악 펼치며 한껏 기지개를 켰다.

"진짜 별일 아니네. 하아암~"

하품을 늘어지게 뱉은 염호는 관사로 쏙 들어간 뒤 침대에
벌러덩 누워 버렸다.

드르러엉~!

곧바로 코를 골기 시작하며 깊은 잠에 빠진 염호였다.

第五章

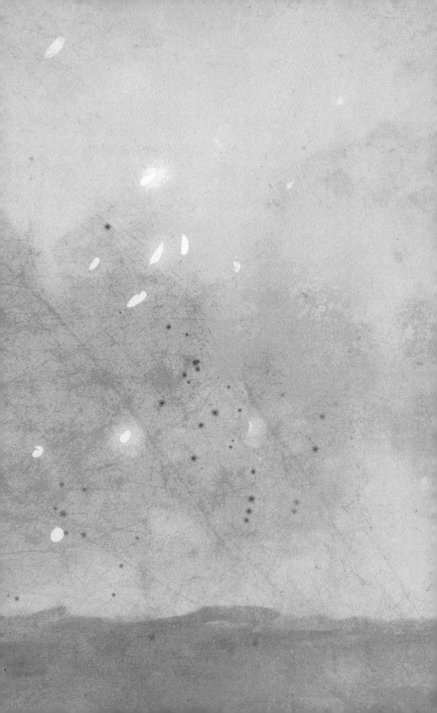

난주에서 황하의 물길을 따라 사흘을 쉬지 않고 더 내려가
면 하란산이 나온다.

황무지 가운데 삐죽 솟은 회백색 돌산과 우거진 산림으로
가득한 땅.

끝없는 황토 고원이 끝나는 곳에 위치해 있어, 북방의 유목
민부터 서하국과 금나라의 유민들까지 몰려들어 거대한 도시
로 성장한 곳이 바로 하란성이었다.

오랜 세월 동안 토착민들이 강성한 세력을 이뤄 조정과 관
군의 힘이 미치지 못하는 곳, 현재는 금나라 출신 호족들의
지배하에 있는 땅이었다.

거주 인구만 해도 삼십만이나 되는 하란성은 외벽의 높이가 무려 오 장이 넘었다.

북방의 철벽으로 불리며 대명의 군사들조차 함부로 안쪽으로 진입하지 못하는 철옹성, 그곳이 또한 하란성이다.

성내의 치안마저 사병들이 담당하니 조정에서도 오랜 세월 동안 눈엣가시처럼 여기면서도 어쩔 수 없이 방치해 온 곳이다.

그 하란성 중심에 위치한 광장에 커다란 소란이 일고 있었다.

성내 호족들이나 주민들에겐 눈이 호강할 만한 구경거리지만, 정작 그 가운데 선 이들에겐 살벌함과 흉험함이 가득한 대치가 이루어지고 있는 상황.

"순순히 검을 내려놓고 따라오면 살 수 있다."

새까만 흑색 무복을 입고 흉흉한 살기를 뿜어내는 사내, 북검회 현무단의 단주인 조천상이었다.

"우리가 왜 너희들을 따라야 한단 말이냐?"

현무단을 비롯해 북검회 사대무단에 완벽히 포위된 화산파 일대제자들 사이에서 흘러나온 항변이었다.

"대사형! 차라리 싸웁시다."

"그렇습니다, 대사형!"

"우리 힘을 보여줍시다."

사제들이 전의를 불태우며 목소리를 높였지만 대사형 송

자건은 천천히 고개를 저었다.

자신을 포함해 싸울 수 있는 숫자는 고작해야 여섯 명이 전부였다.

그 수로 거동조차 할 수 없는 반운산을 지키며 저들을 상대한다는 것은 섶을 지고 불로 뛰어드는 것과 다르지 않다.

어림잡아도 백여 명이 넘는 이들에게 둘러싸인 형국, 더구나 사대무단이라면 북검회의 정예 중 정예였다.

"우리를 이리 핍박하는 이유를 알고 싶다."

송자건은 부리부리한 눈길로 조천상을 노려봤다.

하지만 조천상은 외려 코웃음을 쳤다.

"흥, 비겁하게 너희 화산파가 본 회 회주님을 암습했으니 어찌 우리가 가만히 있겠느냐?"

"암습?"

송자건으로선 기가 막힌 노릇이 아닐 수 없었다.

난주에서 죽기 살기로 괴물과 싸운 자신들이었다.

그러다 반운산은 다리까지 잃었고.

상처가 너무 위중해 응급처치라도 할 요량으로 서둘러 길을 나섰는데 저들이 기다렸다는 듯 공격을 가해왔다.

여차저차 하란성 쪽으로 배를 대고 밤새 버티고 싸우며 안쪽까지 피신해 왔지만, 그게 오히려 독이 되어버렸다.

하란성 호족들과 북검회가 긴밀한 관계를 유지하고 있었던 것이다.

광장 한편에 아예 단상을 만들어놓고 술판까지 벌이며 구경하고 있는 하란성의 호족들, 그 중심에 새하얀 호피를 입은 하란성주가 보였다.

성주 옆으로 화산파 제자들에게도 익숙한 천룡검 장강옥까지 자리한 상황이었다.

"으득!"

송자건이 이빨을 갈며 장강옥과 하란성의 호족들을 노려봤지만, 저들에게 비친 자신들의 모습은 그저 여흥거리 이상이 아님이 느껴졌다.

"대사형……! 저는… 상관없습니다."

"운산아!"

언제 정신을 차렸는지 들것에 실린 반운산의 나직한 음성이 들려왔다.

"저를 버리고 피하십……."

"버리긴 누굴 버린단 말이냐? 우리가 널 지켜줄 것이다."

"그렇습니다. 반 사형!"

"저희들이 있습니다."

송자건과 사제들의 모습에 반운산은 입술을 피가 나도록 깨물며 눈을 감았다.

자기 자신이라 해도 이런 상황에 절대 사형제를 버리고 도망칠 수 없을 것이니…….

그렇다고 해도 상황은 너무나 암담하기만 했다.

"막내가 빠져나간 지 하루가 지났다."

"……."

"조금만 더 버티면, 난주에 계신 장로들께 소식이 전해질 것이다."

"……."

반운산이 두 눈을 찔끔 감은 채 온몸을 부르르 떨었다.

다리가 잘린 고통보다 사형제들과, 사문 어른들에게 짐이 된다는 사실이 더욱 견디기 힘들었다.

이렇게 짐이 될 바엔 차라리 죽고 싶다는 생각까지 들었고, 무사히 돌아간다 해도 본산에서 폐제자로 살아갈 날들이 모두 아득한 절망으로만 느껴졌다.

"흥! 꼴들 하곤. 누가 죽인다고 했냐? 순순히 따라오기만 하면 될 일을."

"그러게. 암습이 전문인 놈들이 요새 이름 좀 얻었다고 나대는 꼴이라니."

푸른색 무복을 입은 청룡단주 감치산과 붉은 궁장을 한 주작단주 초혜려였다.

뒤편에 선 백호단주 고진은 지루하고 귀찮다는 표정을 고스란히 드러내며 손에 들린 검끝을 손끝으로 툭툭 건드리고 있었다.

"누가 암습을 했단 말이냐?"

"비겁하게 습격을 한 건 네놈들이지 않느냐!"

일대제자들이 울컥하여 소리치자 앞서 있던 조천상의 얼굴에 흉흉한 빛이 더해졌다.

"화친의 사절로 찾아간 장 공자께 비겁한 공격으로 내상을 입힌 것이 누구냐? 바로 죽은 검신이 아니냐?"

"……."

"흥, 그 검신의 제자라는 놈이 또다시 암습으로 본 회의 회주님을 공격하는 것을 여기 모두가 똑똑히 지켜봤다."

"……?"

일대제자들에게는 그야말로 뜬금없는 이야기였다.

새로운 태사조가 북검회 회주를 암습했다니?

하지만 조천상을 비롯한 사대무단 무인들은 일제히 고개를 끄떡이며 살기를 줄기줄기 피워 올렸다.

"말 길게 할 이유가 있어? 반항하는 놈은 죽이면 그만이지."

주작단주 초혜려가 독사갈이란 그녀의 별호답게 섬뜩한 목소리를 뱉으며 송자건을 향해 다가왔다.

쭉 찢어진 그녀의 눈에는 번뜩이는 살기가 가득해 진득한 혈향이 폴폴 풍기는 느낌이었다.

송자건은 분노로 부들부들 떨면서도 감히 검을 뽑아 대적할 수가 없었다.

선공을 가했다가 벌어질 결과가 너무 뻔했기 때문이었다.

눈앞의 적들을 어찌어찌 처리한다 해도 자칫 난전이라도 시작되면 반운산을 지켜낼 수가 없었다.

대체 이 상황을 어찌 해결해야 할지 갈피를 잡지 못했다.

저들의 목적은 이제 뻔했다.

말로는 죽이네 살리네 윽박질러도 여태껏 궁지로 몰아넣을 뿐 살초는 쓰지 않았다.

한 명이라도 더 인질로 삼겠다는 의도가 분명했다.

게다가 한 가지 더 확실해진 것은 단순히 화산파의 세력이 커진다는 이유만으로 이런 일을 벌인 것이 아니라는 사실이었다.

'태사조님……'

조천상의 말을 통해 북검회의 검성과 태사조 염호 사이에 무슨 일이 있었음을 알게 됐으니, 저들 뒤에 누가 있는지 더 묻고 말고 할 이유도 없었다.

"크크, 꼴에 사내라고."

독사갈 초혜려가 이 상황이 즐거운지 입가에 비릿한 미소를 머금었을 때였다.

송자건을 희롱하듯 쭉 찢어진 얼굴에도 비웃음이 가득했다.

그때 단상 쪽에서 거대한 음성이 전해졌다.

"그만!"

성 안쪽 벽을 타고 쩌렁쩌렁 울릴 만큼 거대한 목소리였다.

그 음성에 실린 심후한 공력에 누구 하나 놀라지 않은 이가 없었다.

목소리의 주인은 백호피를 어깨에 척 걸친 장한, 하란성주였다.

벌떡 일어선 키가 칠 척에 이르며 호피 사이로 드러난 우락부락한 근육과 구릿빛 피부는 한눈에도 강인함을 줄기줄기 풍기는 모습이었다.

대초원의 호랑이라 불리는 하란성주 야율탁, 그의 얼굴에는 불만과 짜증이 가득했다.

"북검회엔 인물이 이렇게 없는가?"

야율탁이 옆에 무표정한 얼굴로 앉아 있는 장강옥을 내리깔린 눈으로 바라봤다.

장강옥은 그 의중을 정확히 파악하지 못해 잠시 눈살을 찌푸려야 했다.

"북검회엔 진짜 무사가 없난 말이다."

쾅!

와장창창!

야율탁이 산해진미가 차려진 거대한 술상을 발로 걷어차자 단상 위는 삽시간에 아수라장이 되어버렸다.

여태 웃고 떠들던 호족들은 기겁한 듯 납작 엎드렸고, 장강옥만이 처음과 같은 자세로 앉아 있을 뿐이다.

"원하시는 것이 있으신지요, 성주?"

장강옥의 흔들림 없는 음성에 야율탁의 입꼬리가 살짝 말려 올라갔다.

　여태껏 검성의 그늘 아래 있는 애송이로만 봤는데 제법 뱃심이 느껴진 것이다.

　"이 촌구석에 있어도 중원 소식은 들리지. 저들이 바로 그 화산파가 아닌가?"

　"……."

　"나 야율탁은 화산의 검을 보고 싶다. 떼거리로 싸움질하는 것 말고."

　야율탁은 팔짱을 낀 채 장강옥을 지그시 내려다봤다.

　천천히 일어서는 장강옥, 그 시선이 도발적으로 야율탁을 응시했다.

　"성주, 정확히 원하시는 것이 무엇이오?"

　"정정당당한 싸움. 무사의 명예를 걸고."

　"……."

　"화산파! 너희에게도 제안한다. 이기면 두말없이 보내준다. 이 야율탁, 초원의 후예로 약속하지."

　야율탁의 부리부리한 눈매가 화산 제자들을 향했다.

　일제히 부르르 떠는 화산파의 제자들.

　하지만 그 떨림은 이전의 것과는 전혀 달랐다.

　화산파 일대제자들 사이로 감추고 억눌렀던 무형의 기파들이 슬금슬금 피어오르기 시작한 것이다.

스릉!

검을 빼 드는 맑은 쇳소리가 울렸고 송자건이 앞으로 한 발 더 나섰다.

야율탁을 향해 공손히 예를 표하는 송자건.

"성주님, 외람되오나 한 가지 청이 있는데 가능하겠습니까?"

담담하게 흘러나오는 송자건의 목소리에 야율탁의 눈가가 살짝 일그러졌다.

기회를 준 것만 해도 감지덕지할 상황에 또 무슨 부탁을 하겠다는 건지 하는 표정이었다.

쉬익! 쉬익!

그때 송자건의 검이 두 번 방향을 틀더니 전방을 향해 천천히 뻗어 나왔다.

"저놈이랑, 이 계집의 목을 동시에 날려 버리고 싶습니다, 가능하겠습니까?"

"뭐라고?"

"이 찢어 죽일 놈이!"

조천상과 초혜려가 눈에 쌍심지를 켜고 당장이라도 송자건에게 달려들 것처럼 목소리를 높였다.

하지만 송자건은 오히려 그쪽은 쳐다보지도 않고 야율탁을 바라봤다.

내내 짜증 가득하던 야율탁의 얼굴에 미소가 번졌다.

"좋도록!"

"감사하외다."

아무런 감정도 담겨 있지 않은 감사의 목소리를 뱉은 송자
건이 그제야 조천상과 초혜려를 향해 시선을 옮겼다.

"누가 먼저냐? 나는 둘 다 덤벼도 상관없다만."

"이익! 놈!"

조천상이 화를 참지 못하고 이를 꽉 깨물 때, 앞서 있던 주
작단주 초혜려가 송자건을 향해 득달같이 달려들었다.

"당장 그 주둥이를 찢어주마."

촤라라락!

초혜려의 손에 날카로운 소리를 토해내는 구절편이 들렸
다.

아홉 개의 쇠자를 이어 만든 구절편은 채찍보다도 다루기
가 훨씬 까다로워 사용하는 이가 거의 없는 기문병기다.

하지만 그녀는 이 구절편으로 독사갈이란 별호를 얻었고
여인의 몸으로 주작단주의 자리까지 올랐다.

그만큼 능숙하게 다룬다는 의미.

쐐액!

독을 잔뜩 품은 전갈의 꼬리처럼 일렬로 바짝 선 구절편이
송자건의 목울대를 향해 섬뜩하게 짓쳐 들어갔다.

송자건은 눈썹하나 까딱하지 않고 담담히 검을 세운 채 쇄
도하는 구절편을 바라볼 뿐이었다.

'흥! 산속에서 도나 닦던 애송이!'

초혜려는 코웃음을 쳤다.

요 근래 아무리 화산팔선이 어쩌고 매화검수가 어떻다고 떠들어대도 그녀의 눈엔 실전조차 제대로 겪어보지 못한 애송이들로 보였다.

자신의 공격에 멍청하면서도 곧이곧대로 대응하는 그 모습만 봐도 뻔하다는 생각이었다.

촤락!

구절편의 마지막 끝마디가 갈고리처럼 꺾이며 검을 쥔 송자건의 손목을 그대로 잘라낼 것처럼 휘어 들어갔다.

사사삭!

"흥!"

초혜려의 얼굴이 비릿한 웃음이 걸렸다.

예상처럼 제대로 응수조차 못하는 송자건이 한심하게 여겨진 것이다.

그때였다.

슝! 슈슈슝!

경쾌한 바람 소리가 연달아 터지더니 초혜려의 쭉 찢어진 안구가 튀어나올 것처럼 돌출됐다.

"헉!"

송자건의 검이 바람에 흩날리는 버드나무 가지처럼 흔들리더니 구절편의 마디마디를 순식간에 잘라내 버린 것이다.

더불어 송자건의 신형이 순식간에 초혜려의 코앞에 이르렀다.

턱!

검을 쥐지 않은 반대편 손으로 초혜려의 목울대를 움켜쥔 뒤 번쩍 들어 올린 송자건.

"아악!"

외마디 비명을 내지르며 버둥거리는 초혜려의 몸뚱이를 그대로 잡아당기며 송자건의 무릎이 솟아올랐다.

퍽!

무릎이 단전을 격타한 순간 초혜려는 비명조차 내지르지 못하고 눈을 하얗게 까뒤집었다.

의식이 뚝 끊어져 버린 초혜려를 송자건이 짐짝처럼 바닥에 내던졌다.

푸르르륵!

나뒹구는 초혜려의 입에서 새하얀 거품이 줄줄 흘러나오더니 새까맣게 죽은피가 섞이기 시작했다.

한눈에도 단전이 완전히 파괴됐다는 것이 확연히 드러났다.

모두가 숨을 죽였다.

주작단의 단주 초혜려, 입이 거칠긴 해도 실력만큼은 어느 단주 못지않은 진짜 고수였다.

그런 그녀가 일초반식도 제대로 싸워보지 못한 채 무공이

폐지되어 버린 것이다.

무인으로서의 삶이 완전히 끝나 버린 것.

"이런 악독한……."

현무단주 조천상의 음성이 부들부들 떨리며 송자건을 향했다.

하지만 그 떨림 안에 담긴 것은 분노가 아니라 쉬 벗어나지 못하는 두려움이었다.

마찬가지로 순식간에 단주를 잃게 된 주작단 무인들이나 또 다른 사대무단의 무인들 역시 송자건의 너무나 단호한 손속에 완전히 압도당한 모습이었다.

"이게 악독한가?"

"……."

"네놈은 곧 죽을 텐데?"

송자건의 눈에는 오연한 빛이 가득했다.

철야고행이라 불리는 검신 태사조의 지독한 수련을 견뎌 낸 송자건과 일대제자들이었다.

치가 떨리는 검신 태사조의 살기와 실전을 매일 밤 죽기 살기로 버텨낸 그들의 무공은 이미 평범한 잣대를 훌쩍 뛰어넘는 경지에 이르러 있었다.

거기다 염호로부터 임독이맥까지 타통했으니, 공력의 깊이 역시 눈앞의 사대무단주들과는 아예 차원이 다른 것이다.

초혜려의 구절편 따위는 단칼에 잘라내는 것이 당연한 일.

그럼에도 반운산의 위중한 상처와 안위 때문에 여태껏 소극적으로 대처할 수밖에 없었다.

이제야 본 실력을 맘껏 드러낸 송자건의 기세에 좌중이 앞도된 것은 당연한 일이었다.

쩌벅! 쩌벅! 쩌벅!

송자건이 앞으로 걸어 나갔다.

그가 내는 작은 발걸음 소리가 조천상에겐 천둥벼락처럼 들려왔다.

조천상은 감히 입도 떼지 못하고 꼴사납게 뒷걸음질 치기 바빴다.

매화검수가 이 정도 고수였나 하는 생각과 함께 머릿속이 엉망으로 뒤엉키는 기분이었다.

조천상은 완전히 얼어붙은 얼굴로 물러서기만 했다. 결국 이 광경을 참지 못하고 왼편에서 누군가 뛰어올랐다.

"놈! 내가 상대해 주마."

새파란 비단 무복을 입은 장년인이 쌍검을 빼 든 채 조천상과 송자건 앞으로 떨어져 내렸다.

청룡단주인 감치산이었다.

사대무단 중에서도 가장 강한 것이 청룡단이고, 당연히 단주 중에서도 최고의 고수가 감치산이었다.

현무단이 장강옥을 보필하는 이들이라면, 청룡단은 검성의 수족이나 다름없는 무인들이다.

장강옥에 밀려 후계 구도에서는 멀어졌지만 감치산의 실력은 다른 무단주들과는 또 달랐다.

차창!

쌍검을 교차한 감치산이 송자건의 앞을 막으며 대노한 음성을 토했다.

"나는 청룡단의……!"

불길을 뿜어낼 것 같은 눈으로 자신의 신분을 밝히던 감치산은 말을 끝내지 못했다.

송자건 뒤편의 누군가가 섬전처럼 튀어나왔기 때문이었다.

빠각!

감치산의 고개가 뒤로 휘청 꺾인 뒤 몸뚱이가 썩은 고목처럼 쿵 소리를 내며 쓰러져 버렸다.

그 앞에 우람한 덩치의 도사 우대강이 서 있었다.

일대제자 중 다섯째인 우대강, 그는 검도 뽑지 않고 맨주먹으로 감치산을 그대로 혼절시켜 버렸다.

"본 문의 대사형께서 나서시는데 감히 어딜 끼어드느냐!"

우대강의 일갈에 좌중의 낯빛이 이제 파리하게 변했다.

천룡단주 감치산이 단박에 나가떨어진 일은 초혜려의 일과는 또 다른 충격일 수밖에 없었다.

그때 일대제자 사이에서 비교적 젊은 도사 하나가 또다시 걸어 나왔다.

남은 일대제자들은 만일에 대비해 반운산을 에워싼 채 바짝 긴장한 모습.

"이런 놈들 정도는 저희에게 맡기셔야지요."

일곱째 제자 표운이었다. 그는 우대강 옆에 나란히 섰다.

우대강이 표운과 눈을 마주친 뒤 고개를 끄덕하더니 방향을 틀었다.

둘의 눈빛이 향한 곳은 여태 구경꾼처럼 모여 있는 이들로 가득한 단상 쪽이었다.

"북검회의 장강옥!"

"……!"

"그대는 화산의 검을 받을 용기가 없는 것인가?"

장강옥의 눈썹이 보일 듯 말 듯 꿈틀거렸다가 이내 싸늘하게 식었다. 사대무단의 단주 둘이 창졸간에 쓰러졌지만 얼굴색 하나 변한 것이 없었다.

그런 장강옥의 모습이 오히려 도발을 감행한 우대강을 흥분하게 만들었다.

다수로 소수를 핍박한 것도 모자라 혼자 고고한 척 위선을 떠는 꼴을 보니 심사가 뒤틀릴 수밖에 없는 것.

그때 송자건이 장강옥을 지그시 바라보며 입을 뗐다.

"나서라."

그때서야 장강옥이 자리를 털고 천천히 일어섰다.

그가 단상 위를 걸어 광장의 중심까지 내려오는 동안 숨소리조차 나지 않을 정도로 깊은 침묵이 가득했다.

"크하하하! 이제야 흥이 좀 나는구나. 뭐하느냐! 술상을 다시 들여라."

하란성주 야율탁이 어깨를 들썩일 정도로 크게 웃었고, 단상 주변으로 부산한 움직임이 시작되었다.

평온해 보이던 장강옥의 얼굴이 돌덩이처럼 굳어지기 시작한 것도 그 무렵이었다.

"이 장강옥을 한낱 구경거리로 만들다니……."

장강옥의 서늘한 음성.

우대강과 표운의 얼굴이 흠칫 굳어졌다.

나직한 음성에 실린 공력이 뼛속까지 쩌릿하게 만들었기 때문이다.

자타공인 강호제일의 후기지수, 천룡검 장강옥.

그가 그저 소문만 와전된 인물이 아니라는 것을 확실히 느낀 것이다.

송자건 역시 전에 없이 굳은 얼굴로 장강옥을 마주했다.

"죽은 검신의 후광 아래 있으니 모두가 우습게 보이느냐?"

장강옥의 입에서 흘러나온 싸늘한 음성에 일대제자들이 일제히 몸을 떨었다.

마주 선 송자건만이 담담한 신색을 유지할 뿐.

장강옥이 살짝 눈살을 찌푸렸다.

송자건의 반응이 의외였기 때문이다.

과거 화산에 갔을 때 검신에게 호되게 당한 일이 있었다.

정력에 금이 간 일이었다.

이를 극복하는 과정에서 장강옥의 무공은 한 단계 더 올라섰고, 오히려 이제는 검신이 펼친 수법까지 펼칠 수 있게 됐다.

지금 화산파 제자들에게 바로 검신의 그 수법을 되돌려 준 것이다.

자신보다 공력이 약한 이들이 일제히 그 여파를 이기지 못하고 몸을 떠는 것, 그런데 눈앞의 송자건만은 멀쩡했다.

다시 말해 상대의 내공이 결코 자신에 못지않다는 것을 확인한 셈이다.

스릉!

장강옥이 검을 빼 들었다.

눈부신 은빛 검신이 내리쬐는 볕을 받아 찬연한 빛을 뿌렸다.

후웅!

그 순간 은빛 검신 위로 새하얀 빛줄기가 한 자나 위로 솟아올랐다.

"검강!"

당황한 우대강의 목소리였다.

이전까지 화산제일검이라 칭송받던 신응담도 도달하지 못한 경지가 바로 검강이다.

지금이야 장로들이 너도나도 펼치니 별것 아니라 여길 수 있지만, 화산파 제자들은 그 경지가 얼마나 지고하고 높은 경지인지 잘 알고 있었다.

검신 태사조 이후 백 년이란 시간 동안 누구도 도달해 보지 못한 검경의 끝이 바로 검강이었다.

그때였다.

후우웅!

"……!"

송자건의 검 위로 자주빛 기운들이 요동치며 눈부신 빛살이 뻗어 올랐다.

"대사형!"

"오오!"

우대강을 비롯한 일대제자들의 입에서 걷잡을 수 없는 탄성이 터져 나올 수밖에 없었다.

"대사형! 왜 여태 실력을 감추신 겁니까."

억눌렸던 불안감과 원망이 터져 나온 표운은 거의 울 것 같은 표정이었다.

송자건이 어깨를 으쓱했다.

"본 문에서 검강이 자랑할 거리나 된다더냐!"

꿈틀!

와락 일그러진 장강옥의 얼굴.

"놈!"

장강옥이 그대로 송자건을 향해 달려들었다.

"어린놈이 말이 짧구나!"

송자건 또한 촌각의 망설임도 없이 뛰쳐나갔다.

쇄애액!

콰쾅!

빛나는 두 개의 검이 부딪힌 접점에서 하란성 전체가 진동할 만큼 거대한 폭음이 울려 퍼졌다.

그 소리는 하란산을 타고 황화의 협곡까지 줄기줄기 퍼져나갔다.

                    *   *   *

콰— 아— 앙!

협곡을 타고 강줄기까지 길게 메아리쳐 오는 폭음 소리에 늙은 도사 하나가 고개를 바짝 세웠다.

"대장로님!"

"무슨 소릴까요?"

"어디 큰 싸움이라도 난 거 아닐까요?"

커다란 갑판에 모여든 어린 도사들이 너나없이 한 소리씩을 내뱉었다.

솜털 보송보송한 청년과 소년 도사들 사이에 선 대장로 손괴의 얼굴이 살짝 일그러졌다.

"여기가 어디쯤인고?"

"몰라욧! 그냥 기다리면 되지 뭘 급해서 거길 찾아간다고!"

뾰족 날이 선 목소리의 주인공은 보화전장의 화소옥이었다.

"이 배 한 척 빌리는 데 돈이 얼마인 줄이나 아세요? 노꾼들 일당은 또 얼마야! 아휴~!"

그녀가 눈을 흘기자 총림당의 왕심봉이 재빠르게 눈을 피했다.

대장로 손괴도 은근슬쩍 먼 산만 바라보며 헛기침을 했다.

"흠흠. 본 문이 이렇듯 큰일을 했는데, 어찌 산에만 있을까."

"그렇다고 본산을 통째로 비워두고 나온다는 게 말이나 돼요!"

화소옥의 입장에선 봉변을 당한 것이나 다름없지만 대장로 손괴는 오히려 당당했다.

"천하에 화산의 이름이 가득한데, 이를 직접 보는 것만큼 어린 제자들에게 좋은 공부가 어디 있겠느냐."

손괴가 이렇듯 이대와 삼대제자들을 모조리 끌고 길을 떠난 것은 천하에 퍼진 소문 때문이었다.

화산파의 도사들이 마교를 무찌르고 세상을 구했다는 소문.

그 소식을 듣고 어린 제자들이 들썩이는 것은 너무나 당연한 일.

솔직히 손괴 자신도 궁금해 미칠 지경이니, 총림당주 왕심봉의 꾐에 넘어갈 수밖에 없었다.

더구나 보화전장 소유의 선박이 황하의 물길을 수시로 왔다 갔다 하니 망설일 게 뭐가 있을까.

"흠흠! 화산이 따로 있겠느냐? 우리가 있는 곳이 화산이 아니겠느냐."

손괴의 목소리에 갑판에 잔뜩 모인 이대와 삼대제자들이 더없이 감격한 얼굴로 고개를 끄덕였다.

그때만큼은 손괴가 최고였다.

쾌— 앙—!

그 순간 다시 한 번 들려온 엄청난 폭음.

"소옥아! 대체 여기가 어디쯤이냐?"

"하란산이에요, 하란산. 아직 사나흘은 더 가야 난주라구요."

第六章

쩡!

검과 검이 부딪치며 강력한 기파가 사방으로 퍼져 나갔다.

스캉! 스캉! 카캉!

눈부신 빛으로 둘러싸인 두 개의 검이 화려한 그림자를 수 없이 아로새겼다.

상대방의 검을 그대로 부숴놓을 듯 서로를 향해 끝없이 날 아드는 두 개의 검.

콰쾅!

강력한 폭음이 터지며 송자건과 장강옥의 신형이 반대편 으로 빛살처럼 튕겨졌다.

잠시의 소강상태, 어느 쪽도 우위를 점했다고 할 수 없는 상황이었다.

하지만 처음과 표정이 완전히 달라진 이는 장강옥이었다.

빠드득!

이를 갈아붙인 장강옥이 다시 검을 세웠다. 미세하게나마 자신이 밀렸다는 것을 느끼고 있는 것이다.

반면 송자건은 가볍게 움켜쥔 검을 등 뒤로 돌려세운 채 오른발을 반 보 앞으로 쭉 내밀었다.

까딱까딱!

왼손을 들어 올린 뒤 장강옥을 향해 들어와 보라고 도발을 감행하는 송자건. 그 얼굴에는 분명 처음과 다름없는 평온함이 가득했다.

"놈!"

이마에 불끈 핏줄이 솟은 장강옥이 붕 날아올라 송자건의 머리통을 반으로 쪼갤 듯이 검을 내리그었다.

쉬웍!

깡!

내려찍는 장강옥의 검을 아래에서 위로 그대로 올려쳐 버린 순간, 오히려 장강옥의 몸이 허공에서 뒤집어지며 일 장이나 뒤로 튕겨졌다.

"……!"

장강옥의 눈이 부릅떠진 채 송자건을 향했다.

조금 전과 달리 이번 한 수는 완벽히 밀린 것이다.

검을 움켜쥔 손이 부들부들 떨려왔다. 조금 전 검신을 타고 전해진 충격의 여파가 쩌릿하게 온몸으로 전해지고 있는 것.

'내가 밀려?'

장강옥은 도저히 믿기 힘들다는 얼굴로 송자건을 쳐다봤다.

다시 검을 등 뒤로 세운 송자건은 까딱까딱 부채질을 하며 어서 들어오라는 손짓을 했다.

"이익!"

부들부들 떨리는 손에 힘을 더한 장강옥.

팟!

지면을 박찬 장강옥의 신형이 그대로 전방으로 쏘아졌다.

쉭!

검을 쭉 내뻗어 송자건의 심장을 꿰뚫을 것처럼 찔러갔다.

순간 등 뒤에 있던 송자건의 검이 재빠르게 뻗어 나와 장강옥의 검을 패대기치듯 후려쳤다.

캉!

"큭!"

외마디 비명을 내지른 장강옥의 신형이 왼편으로 주르륵 밀려났다.

하마터면 검을 놓칠 뻔했다.

그걸 붙잡느라 검날에 전해진 충격을 고스란히 받은 채 밀려난 것이고.

"으윽!"

장강옥의 얼굴이 창백하게 변해갔다.

작지 않은 내상까지 입은 것. 당연히 검을 둘러싸고 있던 빛 역시 완전히 사라져 버렸다.

까딱까딱!

송자건이 다시 손짓을 했다.

하지만 장강옥은 더 이상 쉽사리 움직일 수가 없었다.

"그게 전부인가?"

송자건의 나직한 음성이 흘러나왔음에도 장강옥은 대꾸할 수가 없었다.

완벽한 패배였다.

공력도 초식도 상대에게 미치지 못함을 인정하지 않을 수 없었다.

하지만 도저히 그 말을 뱉을 수가 없었다.

지켜보는 수많은 눈이 있기 때문이었다.

천룡검 장강옥의 패배.

이는 북검회가 화산파에 진 것과 다르지 않은 것이다.

"자존심인가?"

송자건의 내리깔린 눈빛과 목소리가 장강옥을 향했다.

하지만 그 얼굴에는 그 어떤 동요도 담겨 있지 않았다.

검신 태사조, 실제로는 그 행세를 한 염세악의 가르침이지만 여하튼 그걸 똑똑히 기억하고 있기 때문이다.

'니들은 숫자가 얼마 없잖아. 언제고 쪽수가 밀린다 싶으면 반드시 대가리를 쳐라.'

'넷? 대가리요?'

'이거 말이다. 이거.'

엄지손가락을 치켜든 채 좌우로 흔들던 태사조의 가르침이 아직도 선연하기만 했다.

그러면서 했던 신신당부가 있었다.

'밟을 땐 확실히 밟아야 해. 어쭙잖게 건드리면 대들 생각부터 하니까. 눈빛만 봐도 오줌이 찔끔 나올 정도로 완전히 밟아.'

주작단주의 단전을 박살 내버린 것 역시 그러한 태사조의 엄정한 가르침 때문이었다.

또한 이제 눈앞의 장강옥 역시 같은 꼴을 만들 생각이었다.

절대 과하다고 여기지 않았다.

사제들의 목숨을 노린 자들이 아닌가.

쩌벅! 쩌벅!

송자건의 발걸음이 장강옥을 향했다.

고요한 눈빛, 그 어떤 흔들림도 보이지 않는 그 깊은 눈빛에 장강옥은 온몸에 소름이 돋으며 두 다리에 힘이 풀리는 느낌마저 들었다.

그때였다.

휘리리릭!

송자건이 눈을 부릅뜨며 뒤로 펄쩍 뛰며 물러섰다.

쿠쾅!

송자건과 장강옥 사이로 내려꽂힌 거대한 도(刀) 한 자루가 거대한 구덩이를 만든 것이다.

"안 되지, 안 돼."

야율탁이 단상 아래로 뚝 떨어져 내린 뒤 자신이 던진 도를 향해 걸어 나갔다.

땅속 깊이 박힌 도를 스윽 뽑아낸 야율탁이 송자건을 향해 묘한 웃음을 지었다.

"이 녀석이 잘못되면 검성이란 그 늙은이가 무슨 짓을 할지 모르거든."

잔뜩 굳어진 눈매로 야율탁을 가만히 응시하던 송자건이 입을 뗐다.

"성주, 우리가 이겼소. 약속을 지키시오."

"크하하하! 내 약속하긴 했지. 분명 이기면 보내준다고. 하지만 아직 싸움이 끝난 것이 아니지 않은가?"

"⋯⋯?"

야율탁이 손에 든 도를 앞으로 쭉 뻗으며 송자건을 가리켰다.

"이놈 이름이 흉랑(兇狼)이야."

"무슨 뜻이오?"

"나까지 꺾어야 보내준단 뜻이지."

송자건을 비롯한 화산파 제자들의 표정은 말도 못하게 굳어졌다.

누가 봐도 억지였다.

또한 한 번 말을 뒤집은 자를 쉽게 믿을 수 없는 것 또한 당연한 일, 설령 눈앞의 야율탁을 꺾는다고 해도 또 무슨 일이 벌어질 것인지 어찌 알겠는가.

"머리 굴릴 거 없어. 자네들에겐 어차피 선택의 여지가 없으니까."

야율탁이 자신의 애병인 흉랑도를 풍차처럼 붕붕 돌리며 송자건을 향해 걸어 나왔다.

"최선을 다하라는 의미에서 한 가지 더 곁들여 주지. 여봐라!"

"……!"

차착! 차차차차차차착!

여태 구경꾼처럼 빽빽하게 모여 있던 주민들 사이로 요란한 발걸음 소리가 들려오기 시작했다.

순식간에 수백 명에 달하는 하란성 병사가 주민들을 밀쳐내고 그 자리를 대신했다.

쇠뇌와 강궁을 든 병사들이 일제히 화산파 제자들을 겨누기 시작했다.

더없이 굳어져 버린 화산파의 제자들.

"걱정 말고 싸움에 집중하게. 자네가 지면 전부 다 죽는다는 각오로."

후우우웅!

손안에서 빙글빙글 돌던 흉랑도에서 갑자기 회오리 같은 와류가 뿜어졌다.

부웅!

우람한 덩치와는 다르게 비호처럼 뛰어오른 야율탁의 도가 그대로 송자건의 머리 쪽을 찍어왔다.

재빠르게 검을 들어 올린 송자건.

쾅!

"크윽!"

송자건의 두 발이 두 개의 길을 만들며 주르륵 밀려났다.

부릅떠진 송자건의 눈, 검신으로 전해진 힘과 공력이 온몸을 떨리게 만들었다.

내공만 보자면 자신을 압도하고 있는 것이다.

송자건이 재빠르게 검을 세운 뒤 자세를 바꿨다.

장강옥을 상대할 때와는 자세가 완전히 달라진 것이다.

화아악!

송자건의 도포 자락이 보이지 않는 바람에 펄럭이는 듯 한 차례 거칠게 부풀었다.

연이어 전신에 자주빛 기운이 어리며 일순간 검에서 이전보다 더욱 강렬한 빛이 뿜어졌다.

"호오? 그게 바로 자하신공인가?"

야율탁은 정말 즐겁다는 얼굴이었다.

반면 사제들의 안위와 목숨까지 걸고 싸워야 하는 송자건의 얼굴에는 이전과는 비교할 수 없는 긴장감이 서릴 수밖에 없었다.

그럼에도 결코 방어만으로 상대를 이길 수 없음을 깨닫고 선공을 취하려는 송자건이었다.

송자건이 이내 마음을 다잡았다.

심란한 마음으로 싸워 이길 수 있는 상대가 아님을 깨달은 것이다.

이를 깨달은 송자건이 부릅뜬 눈으로 야율탁을 향해 쇄도하려 할 때였다.

"자건아!"

"……!"

"……!"

성문 위쪽 망루로부터 들려온 음성이었다.

눈부시도록 새하얀 능라의를 입는 백염의 노도사가 그곳에 서 있었다.

"사, 사부님?"

대장로 손괴, 그는 장제자 송자건의 사부였다.

살을 에는 대치 속에서 송자건은 당혹스러운 얼굴을 감출 수가 없었다.

난주에 있는 장로들도 아니고 본산에 있어야 할 대장로 손괴가 나타났다는 사실에.

"대장로님!"

"크윽!"

여태껏 너무나 흉험한 꼴을 겪고 있던 일대제자들은 손괴가 나타난 것만으로도 표정이 완전히 달라져 버렸다.

어두웠던 그늘이 한꺼번에 사라진 것 같았고 모든 고통과 고난마저 완전히 털어냈다는 표정이었다.

그렇다 해도 야율탁이나 하란성 병사들이 그 한 명의 등장 때문에 상황이 바뀌었다고 생각할 이유는 전혀 없었다.

"호오? 좋구나. 좋아. 소문이 자자한 매화팔선이란 말이지?"

송자건을 향해 있던 휼랑도를 거둬들인 야율탁이 이제 손괴를 보며 더없이 즐겁다는 얼굴이었다.

성벽 위에 우뚝 선 대장로 손괴의 눈이 착 가라앉으며 광장의 모습을 찬찬히 훑기 시작했다.

일대제자들이 보였다.

다리 하나가 잘린 반운산의 모습을 확인했을 때는 눈가가 살짝 떨리기도 했다.

그 주변으로 북검회의 무인들이 보였고, 다시 그 밖으로 화살과 쇠뇌를 겨눈 하란성 병사들이 가득했다.

그 모양새만 봐도 일이 어찌 돌아가고 있는지 단번에 파악할 수 있었다.

"화산에 싸움을 걸었는고?"

손괴의 나직한 음성이 다른 누구도 아닌 야율탁을 향해 이어졌다.

야율탁이 살짝 눈살을 찌푸릴 때 손괴가 훌쩍 뛰어내렸다.

굳게 닫힌 성문 바로 앞으로 뚝 떨어져 내린 손괴가 슬쩍 뒤돌아섰다.

화포로도 뚫지 못하는 거대한 철문을 향해 돌아선 손괴가 검을 들었다.

후아아아아앙!

검으로 휘몰아치는 엄청난 빛무리.

서컹! 서컹!

검에 서린 빛이 성문을 순식간에 가르고 지나갔고, 한 자 두께의 시커먼 철문은 두부 조각처럼 잘려 나갔다.

쪽문처럼 반듯하게 잘려 나간 쇳덩이가 쿵 하고 쓰러지자 바깥쪽엔 어리고 젊은 도사들이 한가득 대기하고 있었다.

손괴가 뒤돌아섰다.

빈손을 앞으로 쭉 뻗으며 소리치는 손괴.

"적이다."

"……!"

"사정 볼 것 없느니라!"

이대와 삼대제자들이 기다렸다는 듯 성문 안으로 쏟아져 들어오기 시작했다.

처음엔 이 어린놈들은 대체 또 뭔가 하는 눈빛이던 하란성 병사들.

그 표정이 달라진 것은 순식간이었다.

"어어?"

"헉!"

"으업!"

둘이 한 몸인 듯 사방팔방으로 치솟아오른 이대와 삼대제자들.

수십 개의 검풍이 빙 둘러 있던 하란성 병사들을 사이를 미친 듯이 헤집기 시작했다.

그야말로 추풍낙엽이었다.

용천장과의 결전 이후 더욱 매서워진 검신무.

여태 여유만만하던 야율탁의 눈이 격렬히 떨리는 그 순간.

"잘 걸렸다, 요놈."

손괴의 흉험한 음성이 야율탁의 귓가로 꽂혀 들었다.

그 순간 비릿하게 웃어 보이는 손괴. 이전까지 야율탁이 지녔던 바로 그 눈빛이었다.

"감히 우리 제자들을 건드렸어?"

*　　　*　　　*

털썩!

야율탁의 무릎이 힘없이 꺾이는 소리였다.

멋스럽게 걸치고 있던 백호 가죽은 걸레 조각처럼 변했고, 울퉁불퉁한 근육 사이로는 검에 베이고 찔린 상처가 가득했다.

애병인 휼랑도는 벌써 반 토막이 난 채 바닥을 나뒹굴고 있는 처지.

부르르르!

야율탁이 몸서리를 치며 눈앞의 손괴를 바라봤다.

"고작 그 실력으로 본 문에 시비를 걸었더냐?"

오연한 눈빛으로 야율탁을 내려다보는 대장로 손괴의 전신에서 압도적인 기세가 너울거렸다.

야율탁은 감히 그 눈을 더 바라보지 못하고 힘없이 고개를 떨궜다.

완벽한 패배였다.

그 역시 평생 전장을 헤집으며 살아온 백전의 무사였다.

자신이 우물 안 개구리였음을 인정한 것이다.

그렇게 고개를 숙인 야율탁의 귓가로 끝없는 비명 소리가 계속되었다.

하란성 병사들 사이로 터져 나오는 소리였다.

사각! 서걱! 쉭! 사삭!

"크악!"

"으악!"

"하, 항복! 컥!"

"으아아악!"

회오리처럼 검풍이 쓸고 지나갈 때마다 피분수가 피어나며 잘린 팔다리가 사방팔방에서 튀어 올랐다.

병사들은 화산파 어린 도사들의 상대조차 되지 못했다.

아직 스무 살도 되지 않은 앳된 도사들의 검이 추호의 망설임도 없이 그들을 베어갔다.

목을 친 것은 아니지만 팔다리를 잘라내며 적을 완벽히 무력화시키는 데 일말의 동요도 없었다.

푹 고개를 숙인 야율탁의 온몸이 끝없이 경련했다.

'화산… 화산… 소문이 과장된 것이 아니었다. 오히려 턱없이 모자랐어…….'

후회는 아무리 빨라도 늦는 법이다.

호승심, 그것이 호승심이 문제였다.

대륙을 떨어 울리는 화산파의 무공을 눈앞에서 직접 보게 됐으니, 싸워보고 싶다는 욕망을 억누를 수가 없었다.

그 선택이 이런 결과를 가져온 것이다.

반면 손괴는 한없는 자부심이 가득한 눈길로 난전을 바라봤다.

특별한 말이 없음에도 제자들 모두가 제가 할 수 있는 일들을 알아서 하고 있는 것이다.

"기특하다. 우리 제자들……."

손괴가 더없이 만족한 얼굴로 고개를 끄덕끄덕거렸다.

천하십강의 여양종과 싸우며 죽음의 경계를 넘나드는 경험을 했고, 몇 배나 많은 용천장 무사들과의 난전 속에서도 두려움을 떨쳐냈던 어린 제자들이 이제 또 성장했음을 느꼈다.

그 두 번의 피 말리는 실전이 어린 제자들을 이만큼이나 단단하게 만들었다 생각하니 그저 고맙고 기쁜 마음이었다.

그런 가운데에서도 발군의 실력을 보이는 두 사람이 있었다.

각기 이대와 삼대의 만인 조세걸과 양소호였다.

둘은 순식간에 십여 명이나 되는 병사를 베어 넘긴 뒤 일대 제자들 옆으로 떨어져 내렸다.

"반 사숙은 저희가 지키겠습니다."

"사숙들께서 저놈들을 친히 단죄해 주십시오."

조세걸과 양소호가 가리킨 곳은 여태 어찌할 바를 몰라 허둥거리고 있는 북검회 무인들이었다.

주작단주와 청룡단주는 깨어날 상태가 아니고, 현무단주

조천상은 두려움에 떨며 사리분간을 못 하고 있었다.

천룡검 장강옥 역시 송자건에게 패한 여파를 극복하지 못하고 있어 부하들을 지휘할 상태가 아니었다.

아니, 그런 명령을 내리고 자시고 할 것도 없이 북검회 사대무단 무인들은 절로 뒷걸음질 치다 장강옥을 중심으로 커다란 방진을 이룬 상태였다.

스릉, 스릉, 차창!

이제껏 반운산을 호위하는 데 집중하고 있던 일대제자들이 일제히 검을 빼 들었다.

선두는 당연히 송자건이었다.

고작 여섯 명에 불과했지만 그들이 걸어 나가기 시작하자 사대무단 무인들의 낯빛이 파리하게 변해갔다.

지난 밤새 자신들에게 쫓겨 도망치기 급급하던 그들이 맞나 싶을 정도였다.

그 얼마 되지 않는 사이 하란성 병사들은 들고 있던 무기를 일제히 내팽개치고 바닥에 엎드린 채 손이 발이 되도록 빌기 시작했다.

완전한 항복 선언이었다.

그렇지만 어린 화산파의 제자들은 더 이상 움직이지 않고 그 자리를 지켰다.

마치 모든 일은 일대 사숙들의 몫이라는 듯 아예 빼 들었던 검까지 납검한 채 자세를 바로 했다.

송자건이 뚜벅뚜벅 걸어갔다.

그나마 멀쩡한 단주인 백호단주 고진이 그 앞을 가로막았다.

하지만 고진은 도저히 버텨낼 수가 없었다.

여섯에 불과한 그들의 걸음이 점점 가까워질수록 억만 근의 돌덩이가 자신을 짓누르는 것 같은 압박감을 받았기 때문이었다.

"으으으."

발악하듯 입술을 깨물어보지만 이미 기세에서 압도당해버린 고진의 입에서 흘러나온 것은 억눌린 신음뿐이었다.

그때서야 신색을 약간이나마 회복한 장강옥이 고진을 밀쳐내며 앞으로 나섰다.

그렇지만 검을 움켜쥔 그 손이 떨리고 있음이 여실하게 드러났다.

우뚝 발걸음을 멈춘 송자건.

그 눈이 슬쩍 대장로 손괴를 향했다.

스승과 제자로 평생을 함께했으니 그 눈빛만 봐도 서로 뜻이 통했다.

'마음대로 처리해도 되겠는지요?'

'당연하지. 너는 우리 화산의 대사형이지 않느냐.'

마치 전음이라도 주고받듯 이심전심으로 뜻을 같이한 두 사람.

송자건이 눈을 부릅뜨며 일갈했다.

"꿇어라."

"……!"

"싫다면 이 자리에서 다 죽는다."

부들부들 떨리는 장강옥의 눈빛.

그 뒤로 선 사대무단 모두가 모골이 송연해진 표정이었다.

그렇다고 그저 모두가 두려움에 떨기만 하는 것은 아니었다.

"개소리!"

"화산파 따위, 차라리 싸우다 죽겠다."

"네놈들이 북검회 전체와 싸우겠다고."

"씨가 말라 화산이 멸절되는 것을 지옥에서 지켜봐 주마."

몇몇 무인이 분노를 참지 못하고 목청을 높였고, 그것이 기폭제가 되었다.

두려움을 털고 일어선 그들 역시 장강옥 뒤로 선 채 일제히 기세를 끌어 올렸다.

송자건은 물론 마주 선 일대제자들의 입가에 일제히 미소가 그려졌다.

그 미소가 마주한 모두를 오싹하게 만들었다.

"바라던 바."

"고맙다."

우대강과 표운이 입을 뗐다.

이대로 시시하게 무릎 꿇어버린다면 지난밤부터 지금껏 당해온 원통함과 분함을 도저히 풀 수 없었을 것이다.

만에 하나 천에 하나 반운산이 어떻게 될까 노심초사하며 도망치기 급급했던 순간들.

참았던 마지막 분노가 더해지자 일대제자들의 기세가 폭풍처럼 치솟았다.

"……!"

장강옥은 저도 모르게 주춤 물러서야 했다.

이길 수 없는 싸움이라는 것을 온몸이 먼저 알아서 느낀 것이다.

하지만 그래도 싸울 수밖에 없었다.

무인에게 죽음보다 더욱 비참한 것이 바로 치욕이란 단어이기에.

그 순간이었다.

쐐— 애— 액!

귀청을 찢어발기는 듯한 어마어마한 파공음이 성벽 위를 가로질렀다.

자리한 모두가 놀라 고개를 돌릴 때 그들 눈에 비친 것은 창공을 가로지르는 여덟 개의 섬전이었다.

콰콰콰콰쾅!

빛살처럼 내려꽂힌 여덟 명의 노도사.

새하얀 능라의를 입은 도사들이 부리부리한 눈으로 좌중

을 노려봤다.

화산파 제자들이 일제히 목소리를 높였다.

"제자들이 삼가 장문진인을 뵈옵니다."

하란성에 도착한 장문인 진무와 장로들의 얼굴엔 송골송골한 땀방울이 가득했다.

챙강!

손마디에 힘이 풀린 장강옥의 검이 바닥으로 떨어져 내렸다.

전의를 완전히 상실해 버린 것.

아니, 그러면서도 오히려 다행이라 여겼다.

져도 되는 상대가 왔기 때문이다.

진다고 해서 치욕이 될 수 없는 상대.

고작 매화검수 나부랭이가 아니라 새로운 천하십강으로 불리는 선광우사 장진무와 화산팔선이 눈앞에 나타났으니.

챙강, 챙강, 챙강.

장강옥을 따라 사대무단 무사 모두가 무기를 버리고 투항했다.

하지만 진무와 장로들의 표정은 전혀 달라지지 않았다.

돌덩이처럼 굳어 있는 모습들.

회포를 먼저 풀어야 할 대장로 손괴에게조차 일언반구가 없었다.

"화산의 제자들은 들어라."

진무의 우렁우렁한 음성이 하란성 안팎을 쩌렁쩌렁 울리기 시작했다.

일제히 자세를 고쳐서는 화산파의 도사들.

"저들 모두를 포박하여 배에 실어라."

"……."

"……."

"이 길로 곧바로 북검회를 향할 것이니."

"……!"

"……!"

"똑똑히 보여줄 것이다. 감히 본 문을 향해 칼을 뺀 자들의 끝이 어찌 되는지를."

*　　　*　　　*

"뭐? 그런 일이 있었어?"

"넵, 태사조님."

"흠, 그랬군. 그래도 일대제자들이 쉽게 당할 리 없을 텐데? 그 사대무단이란 애들이 용천장 애들보다 쎄?"

"그런 것이 아니라……."

신응담이 말끝을 흐리자 염호가 고개를 갸웃했다.

그렇다고 해도 입안으로 들어가는 음식은 여전했다.

산해진미가 가득한 음식상 앞에 삐딱하게 한쪽 다리를 꼬고 앉은 염호는 대화를 하는 내내 먹는 일을 쉬지 않았다.

우적우적!

"쩝, 그러니까 우리 애들 정도면 별일 없었을 텐데?"

"사실, 운산이가……."

"……?"

"일대제자 반운산이 다리를 하나 잃었습니다."

"……!"

"독기가 골수까지 치밀 듯하여 어쩔 수 없이 잘라야 해서……. 그 아이 때문에 제대로 싸울 수가 없었을!"

조심스레 입을 떼던 신응담이 흠칫 굳어졌다.

여태 먹는 거에만 집중하던 염호가 어느 순간 입맛이 뚝 떨어진 얼굴로 변했기 때문이었다.

"그 얘기를 왜 지금 해?"

"넷?"

"그 얘기를 왜 지금 하냐고."

"저… 절대 깨우지 말라고……."

안절부절못하는 신응담.

끼이익!

걸터앉았던 의자를 뒤로 밀며 천천히 일어서는 염호. 신응담이 황급히 말문을 열었다.

"제자들이 처리할 것입니다. 장문인과 장로들이 갔으니……."

"그건 너희들 일이고."

"......?"

"내가 전에 분명히 경고했거든."

"......?"

그때 자신의 발목을 잡고 늘어지던 검성과 북검회에 분명히 경고했다.

우리 애들이 털끝만큼이라도 다치면 모조리 죽여주겠다고.

"그 반운산이 다리를 잘랐단 말이지……."

척!

염호가 한쪽에 세워뒀던 패왕부를 어깨에 척 걸쳤다.

"태사조님?"

"준비해라."

"네?"

밥을 먹다 말고 갑자기 일어서 어깨에 패왕부를 척 걸친 염호. 마주 앉은 신웅담은 당황할 수밖에 없었다.

"북검회가 어딨냐?"

"넷?"

반문하는 신웅담의 눈빛이 거칠게 흔들렸다.

눈치 없는 다른 장로들은 몰라도 눈앞의 이 어려 보이기만 하는 태사조가 실제론 검신 태사조가 반로환동했다는 것을 똑똑히 알고 있기 때문이다.

단지 북검회의 위치를 물어오는 것뿐인데 목구멍이 타들어가는 듯 긴장할 수밖에 없는 것은, 눈앞의 태사조가 남도련을 어떻게 박살 냈는지 너무 잘 아는 탓이었다.

"서, 서안에……."

"서안?"

염호가 고개를 갸웃하다 살짝 인상을 찌푸렸다.

서안이면 섬서의 성도였다.

화산파가 위치한 화흠현에서도 고작 하루 이틀 걸으면 도달할 정도로 가까운 곳이다.

"쯧, 그렇게 가까이 있는데도 무시당했던 거냐?"

"……."

염호가 뭘 말하고자 하는지 알기에 신웅담은 차마 고개를 들 수가 없었다.

검신 태사조가 등장하기 전까지 북검회는 화산에 눈길 한 번 주지 않았던 것이 사실이었다.

그것이 제자 된 입장에서 그저 부끄러울 수밖에 없는 신웅담이었다.

염호는 무슨 생각을 하는지 인상을 살짝살짝 찌푸리다 신웅담을 가만히 보더니 입가에 묘한 웃음을 그렸다.

"여하튼 그렇게 가깝단 말이지… 가자."

"네?"

"씁—! 자꾸 두 번 말하게 할래?"

"넵!"

신응담은 화들짝 놀라 냅다 대답하고 염호 뒤를 따랐다.

휘적휘적 문밖으로 걸어 나가는 염호를 신응담은 병아리가 어미 닭을 쫓듯 졸졸 뒤따랐다.

"염 공자님!"

전각 밖으로 나가자 앞마당에 사람이 잔뜩 몰려 있었다.

그 가운데서 들뜬 여인의 목소리가 염호를 가장 먼저 맞이했다.

연산홍이었다.

염호의 얼굴이 또 한 번 살짝 일그러졌다.

그 뒤로 모인 이들이 썩 반갑지 않아서였다.

개방의 취성이라는 늙은 거지도 보였고 소림사의 중들도 죄다 그곳에 모여 있었다.

그때 또 다른 목소리가 튀어나왔다.

"염 형님!"

불성과 취성의 공동전인인 소화였다.

그는 해맑게 빛나는 눈과 한없는 존경과 자부심이 가득한 표정으로 염호를 향해 달려 나왔다.

'쩝… 내 나이가 몇 살인데!'

"형님! 사부님의 다비식을 치르느라 늦었습니다. 죄송하고 또 감사합니다."

소화는 염호를 향해 두 손을 공손히 합장했다.

소화 뒤에 도열한 소림사의 승려들이 기다렸다는 듯 일제히 염호를 향해 반장의 예를 취했다.

"아! 미! 타! 불!"

이제와 그럴 이유는 전혀 없지만 그냥 부처나 소림에 관련된 건 가까이만 해도 본능적으로 속이 미식거리는 것은 어쩔 수가 없었다.

그때 소화 뒤편에서 중년의 승려 하나가 나섰다.

그의 손에는 자그마한 목함이 들려 있었다.

"다행히 본사 큰 어른의 진신사리를 회수할 수 있었습니다. 숭산의 주지승께서 신심으로 고마움을 표하고 예를 다해 모시라는 전갈이 내려졌습니다."

중년 승려의 음성에도 절절한 감사의 마음이 가득했다.

'허허~ 세상 참⋯⋯.'

오래 살다 보니 별 해괴한 일을 다 겪는다는 생각이 들 수밖에 없었다.

백팔나한에다가 소림사 주지승에게 고맙다는 소릴 다 듣게 되었으니까.

'하긴 뭐, 화산과 태사조도 하는데.'

염호는 조금 어색한 표정으로 고개만 살짝 끄덕였다.

어찌 되었더라도 중들과 말을 길게 섞고 싶지 않은 것은 어쩔 수가 없는 것이다.

"형님! 이 녀석도 형님께 인사를 올리겠다 합니다."

소화가 혼자 신명이 난 듯 목소리를 높였다.

그 뒤편에서 보통 사람보다 머리 하나 반은 큰 덩치가 걸어 나왔다.

쿵! 쿵!

갑자기 바닥이 깨져라 양 무릎을 꿇은 덩치가 목청을 높였다.

"인사 올리겠구만유~ 광치라구 해유."

"……."

염호가 대답 없이 인상만 더 찌푸리자 광치는 살짝 당황했다.

"평생! 대형으로 깍듯이 모시겠구만유."

광치가 머릴 땅바닥에 힘껏 찍어가자 염호의 발이 재빠르게 뻗어 나갔다.

척!

발등에 이마가 걸쳐진 광치.

염호가 찡그린 얼굴로 말문을 열었다.

"뇌맥에 뼛조각이 걸려서 바보가 된 거야. 머리 쪽은 당분간 조심해라."

염호의 나직한 음성에 고개를 발딱 들어 올린 광치.

덩치와 어울리지 않는 커다란 눈동자에 순식간에 물기가 차올랐다.

"크윽! 큰 형님! 고맙구만유~ 인자는 지도 글자랑 내공심법 다 제대로 배울 수 있다는구만유."

광치가 눈물을 글썽글썽 거리자 옆에 선 소화마저 울컥한 모습이었다.

"형님… 큭!"

그걸 지켜보는 연산홍의 눈동자 역시 별빛을 한꺼번에 쏟아낼 것처럼 빛났다.

"염 공자님께선 정말로……."

연산홍의 눈망울도 촉촉이 젖어가며 볼까지 발그레 변하는 것을 본 염호가 흠칫했다.

'얘들아! 니들 왜 그러냐.'

따지고 보면 진짜 별일도 아니었다.

쓸데없는 오해로 덤벼든 소화와 광치, 옛날 같으면 그냥 화딱지를 참지 못해 쳐 죽일 생각부터 했을 것이다.

변한 게 있다면 그냥 신분상 성질을 참아야 한다는 것 정도.

'흠……. 선의(善意)가 결국 선의를 부르고, 세상은 조화 속… 에잇! 이러다 우화등선하겠다.'

염호가 휘리릭 고개를 내젓는 그때 내내 지켜보기만 하던 취성까지 앞으로 나섰다.

첫 만남 때부터 고약하기만 했던 개방의 늙은 거지가 나오자 염호의 표정이 다시 일그러졌다.

자기야 지가 제일 늙은 줄 알지만 염호의 입장에선 반 토막

밖에 살아오지 않은 어린애였다.

그런데 코앞에서 온갖 늙은 척을 하는데 좋게 보일 리가 있 겠는가.

"고맙습니다. 태사조님."

"……?"

취성은 더없이 공손한 태도와 음성으로 염호를 대했고 그 게 또 당황스러운 염호였다.

"이 일로 평생의 벗을 둘이나 잃었습니다. 그 복수를 해주 셨으며, 하나뿐인 적전제자를 멀쩡하게 만들어주시기까지 했 으니 어찌 개방파의 은인이 아니겠습니까?"

"뭘, 그 정도 가지고 은인씩이나……."

"개방은 앞으로 이 땅의 거지가 전부 사라지는 날이 오기 까지 화산파를 영원한 맹우로 대할 것입니다, 태사조님."

"……."

취성의 더없이 공손한 태도.

"아미타불! 소림 또한 개방과 뜻을 같이하며 강호의 안녕 을 위해 화산과 뜻을 같이할 것입니다."

"……."

기다렸다는 듯이 소림의 승려가 나서자, 가장 탄복하고 가 슴 벅찬 것은 그 누구도 아닌 신응담이었다.

"아!"

신응담은 터져 나오는 기쁨의 감정을 억누를 수가 없었다.

맹우(盟友).

서로 다른 문파 사이에 맺는 최고의 협약을 말하는 것이다.

서로의 항렬까지 공유한다는 것.

다시 말해, 다른 문파 제자들에게도 장문인은 장문의 예우를 받으며 장로들은 또한 장로들의 예를 받는 것이다.

이는 화산의 태사조 역시 소림과 개방의 모든 제자에게 태사조가 된다는 의미였다.

'쩝… 세상 참…….'

그걸 아는지 모르는지 염호는 그냥 입맛만 다셨다.

*　　　*　　　*

관사를 벗어나 난주의 포구까지 걸어오는 동안 염호는 엄청난 환송을 받아야 했다.

지휘사 병력 오천과 황성에서 파견된 어림군 이천이 완전한 무장을 한 채 관사부터 포구까지 길을 만든 것이다.

번쩍번쩍한 갑옷을 입은 어림군과 날카로운 창병을 높이 세운 지휘사 병사들 뒤로 몇 만에 달하는 난주 주민이 죄다 몰려 나와 염호의 이름과 화산파의 이름을 열렬히 외쳤다.

"귀청 떨어지겠다."

그 사이를 통과해 나루터까지 이른 염호가 인상을 찌푸리며 신응담을 노려봤다.

대체 무슨 이야기가 어떻게 퍼져 나갔기에 이 정도까지 난리냐 하는 표정이었다.

하지만 대답은 뒤따라온 연산홍이 먼저 꺼냈다.

"소문이 그냥 소문이 아니었다는 것이 밝혀졌거든요."

"……?"

"옥문관 넘어 돈황은 물론 오로목제, 천산까지 살아남은 사람이 아무도 없다고 해요."

"흠……."

염호가 대충 사정을 알겠다는 듯이 고개를 끄덕였다.

그냥 소문만 무성한 것과, 실제로 죽을 위기를 넘긴 것과는 천지 차이일 테니.

"그래서 가보려구요."

"……?"

때마침 뒤편에 있던 소화가 나섰다.

"저랑 광치 사제는 여기 연 장주님과 함께 십만대산을 수색해 보려 합니다. 혹, 이런 일이 또 벌어질 수 있으니……."

순간 염호가 한심하다는 표정으로 대꾸했다.

"그럴 필요 없어."

"……?"

"……?"

"흑제는 죽었다."

"네?"

"흑제라니요?"

연산홍과 소화가 동시에 다른 질문을 했고 염호는 씁쓸한 표정으로 대꾸했다.

"깊이 알 필요 없다. 만약 흑제, 그 인간이었다면… 세상이 벌써 절단 났을 거니까."

"……."

"……."

*　　*　　*

새하얗게 빛나는 대리석이 층층의 돌계단이 되어 산 위로 쭉 뻗어 있었다.

우뚝 솟은 연화봉은 운무로 가득했고 신록이 우거진 산길은 풀벌레 소리나 간혹 들릴 만큼 조용하기만 했다.

연화봉 아래 위치한 화산파 역시 너무나 고요했다.

꽉 닫힌 산문, 그리고 그 앞에 적힌 두 개의 글자.

봉문(封門)

화산파가 통째로 외유중인 터라 지금 경내에 인적 하나 없는 것이다.

대장로 손괴가 꼬꼬마 제자들까지 자부심을 심어주겠다며

모조리 이번 외유에 데려간 것이다.

때문에 너무도 깊이 잠든 것처럼 보이는 화산파.

그렇듯 고요함이 끝없이 이어질 것 같은 때였다.

슈— 아— 아— 앙!

천지가 찢기는 소리가 하늘 끝 어딘가에서 들려오기 시작
했다.

콰쾅!

한줄기 시꺼먼 섬전이 그대로 화산파 산문 앞에 내려꽂혔다.

온몸이 새까만 인물이 그곳에 나타났다.

드러난 눈동자의 흰자위만 새하얗게 빛날 뿐, 입고 있는 옷
도 심지어 피부색도 죄다 칠흑의 빛깔이었다.

그 새하얀 눈이 화산파의 산문을 보더니 희번덕거렸다.

"본좌가 왕림하였으니 경배하며 나를 맞으라."

화산 전체가 뒤집어질 것 같은 목소리가 퍼져 나갔다.

온 숲의 짐승들이 놀라 한꺼번에 날뛰기 시작했고 우짖던
풀벌레마저 일시에 숨을 죽였다.

천래궁주 요천이 화산에 도착했다.

그때 화산파엔 아무도 없었다.

第七章

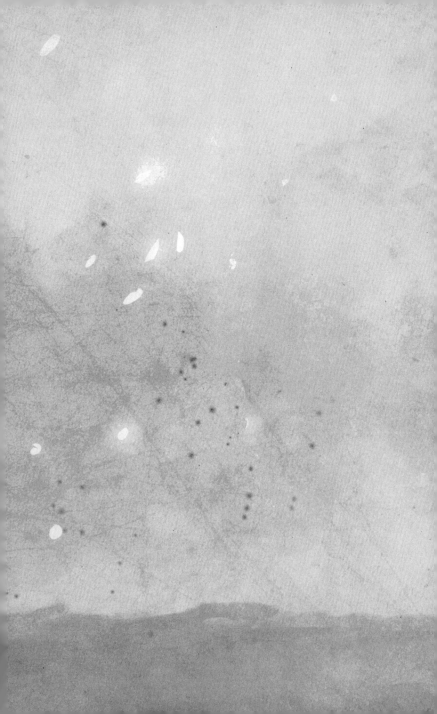

섬서의 성도 서안은 이전 시대 수많은 나라의 국도(國都)로 자리매김했던 도시다.

　주나라와 진나라부터 한나라, 수나라, 당나라까지 모두 서안을 도읍으로 정했을 만큼 유구한 역사를 자랑하는 대도시 서안.

　그 서안에 북검회가 자리 잡은 것이 벌써 수십 년 전이었다.

　세월이 흐름에 따라 하나씩하나씩 증축되기 시작한 전각들은 지금에 와서는 장원의 규모를 넘어 거대한 성곽처럼 보일 정도였다.

방원 수천 장을 둘러싸고 있는 높은 담장과 그 위로 삐죽 솟은 전각군, 그저 바라보는 것만으로 압도될 만큼 위용이 넘쳐나는 곳이 북검회였다.

北劍會[북검회]

용이 구름을 타고 오르는 듯한 황금빛 서체가 새겨진 거대한 현판과 마차 서너 대가 너끈히 지나가고도 남을 정도로 커다란 정문.

그곳을 통과해야 하는 수많은 북검회 소속 문파와 무인들은 언제나 주눅이 들 수밖에 없었다.

거기에 더해 정문을 양옆에서 지키는 위사들은 모두가 기골이 장대한 사내로만 이루어져 있었다.

특별히 싸울 일도 시비도 일지 않는 곳이지만 검성 엽무백은 위압적인 덩치와 인상을 풍기는 이들만을 가려 뽑아 그곳에 배치했다.

처음엔 그 의중을 이해하지 못해 고개를 갸웃거린 이들도 많았지만 세월이 흘러감에 따라 나타난 그 효과를 이제는 누구도 의심치 않았다.

무인들이 아닌 일반 백성들이 정문의 위사들을 보고 수많은 소문을 퍼뜨린 것이다.

북검회는 정문을 지키는 무사들만 봐도 오줌이 지릴 정도로 무시무시하다는 이야기.

그렇게 퍼져 나간 소문들은 북검회 소속 문파들의 결속력을 더욱 공고히 만들었고, 실질적으로 장강 이북의 상권을 장악하는 데 지대한 영향력을 미쳤다.

검파 연합이기에 언제나처럼 오가는 사람들로 북적이는 북검회 정문, 평소와 다름없이 기골이 장대한 위사 수십 명이 은빛 수실이 달린 관상용 검을 패용한 채 살벌한 표정을 짓고 있었다.

"어?"

"응? 뭐? 뭐냐?"

정문에서 쭉 뻗은 서안대로를 바라보던 수문위사 둘이 고개를 갸웃하며 서로를 쳐다봤다.

기다란 행렬이 정문 쪽을 향해 천천히 다가오는 것을 본 것이다.

그 행렬이 뿜어내는 기백을 느낀 이들이 썰물처럼 길옆으로 갈라지기 시작했다.

이백 명이 훌쩍 넘는 숫자의 행렬.

"조, 조장님!"

수문 위사 하나가 목소리를 높이자 안쪽에서 자그마한 체구에 눈이 쫙 찢어져 꼭 쥐상을 닮은 사내가 걸어 나왔다.

정문의 진짜 경비를 책임지는 방검대 소속의 무인이었다.

"으응?"

쥐상의 사내가 눈을 부릅떴다.

옆에 덩치만 큰 허수아비들이야 거리가 멀어 확인할 수 없다지만, 쥐상의 사내는 대번에 행렬 가운데서 낯익은 얼굴들을 발견한 것이다.

"어, 어, 헉!"

굴비 꿰듯 포승줄에 단단히 묶인 채 걸어오는 이들.

그 앞쪽에 머리를 푹 숙이고 있는 이는 다른 누구도 아닌 천룡검 장강옥이고 그 옆에 사대무단 단주들이 보였다.

그 주위로 다시 형형한 안광을 뿜어내는 새하얀 능라의를 입은 도사들까지.

땡! 땡! 땡! 땡! 땡!

쥐상의 사내가 정문 뒤에 매달린 커다란 쇠 종을 미친 듯이 두들겼다.

곧이어 비상과 위급을 알리는 타종 소리가 북검회를 뒤집어놓기 시작했다.

"무슨 일이냐?"

가장 먼저 여덟 개의 월동문을 지나 쏜살같이 날아온 이는 북검회의 부회주 천예검군 조문신이었다.

그를 뒤따라 사방팔방에 산재한 전각에서 수십, 수백의 그림자가 허공으로 치솟아올랐다.

촤촤촤촤촤촤악!

좌측 담장으로 뚝 떨어져 내린 이들 백여 명은 모두 어른 몸통만큼 거대한 쇠뇌(석궁)를 등에 멘 이들이었다.

그 반대편 담장을 빽빽하게 메운 이들은 한손에는 단창을 또 다른 손에는 둥그런 쇠방패를 든 이들이었다.

각기 참룡대(斬龍隊)와 방검대(防劍隊)로 적의 침입을 대비해 북검회 본거지를 지키는 데 특화된 무인들이었다.

그때 다시 일단의 무리가 땅바닥을 스치듯이 밟으며 정문 안쪽에서 쏟아져 나왔다.

순식간에 조문신 뒤에 부채꼴로 포진한 무인들, 백색 복면으로 얼굴을 가린 그들의 분위기는 참룡대나 방검대와는 또 달랐다.

북검회 십이검천 중 서열 삼 좌를 차지하고 있는 천강검대(天罡劍隊)의 무인들이었다.

"대체 무슨 일이기에……. 허억!"

뒤늦게 천강검대 사이로 모습을 드러낸 군사 좌문공의 눈이 쏟아져 나올 것처럼 커졌다.

좌문공의 눈에 먼저 들어온 것은 줄줄이 엮인 장강옥이나 사대무단이 아니었다.

새하얀 능라의.

그것만 보고도 경기를 일으킨 것이다.

푸르르르!

좌문공의 볼살이 투레질을 치는 말 머리처럼 떨리자 조문신이 미간을 잔뜩 찌푸렸다.

"군사?"

"화… 화산파가 왜 여길……?"

좌문공은 완전히 넋이 나간 표정이었다.

두 눈으로 직접 용천장과 화산파의 싸움을 똑똑히 지켜봤으니 나올 수 있는 반응이었다.

천하제일세 용천장을 무릎 꿇린 화산파의 힘, 그들이 온 것이다.

남도련의 명견혜도 사마군과 더불어 강호제일의 책사를 다툰다 알려진 좌문공의 그런 얼빠진 모습에 조문신의 표정은 말도 못하게 굳어질 수밖에 없었다.

"대체 무슨 일이 있었단 말인가?"

조문신이 재차 물었지만 좌문공은 여전히 제정신을 차리지 못했다.

결국 조문신의 얼굴은 더욱 일그러질 수밖에 없었다.

마교를 직접 처단하겠다고 선언한 검성이 보무도 당당하게 사대무단 전체를 이끌고 서안을 떠난 것이 달포 전이었다.

그러다 며칠 전 검성 혼자 딸랑 되돌아오더니 불쑥 칩거에 들어가 버렸다.

안색이 창백한 것이 암만 봐도 내상을 깊게 입은 모습이었다.

궁금한 것이 하나둘이 아니었지만 물어볼 여유조차 주지

않고 소회림(所懷林) 안으로 쏙 들어가 버린 검성.

그리고 지금 눈앞의 사태가 벌어진 것이다.

사대무단 전체와 장강옥이 포승줄에 꽁꽁 묶여 화산파 도사들의 손에 끌려오고 있으니…….

"엽무백은 나서라."

북검회 전각 전체를 뒤흔들어놓을 듯한 외침이 들려왔다.

정문 앞 오십 장의 거리를 두고 멈춰 선 화산파 도사들 사이에서 터져 나온 목소리였다.

"선광우사 장진무……."

좌문공이 목소리의 주인을 알아보고 나직하게 뇌까렸다.

부회주 조문신의 굳어 있던 얼굴에 넘실거리는 노기가 덧씌워졌다.

"감힛!"

선광우사 장진무의 이름은 조문신도 익히 들어 알고 있었다.

새로운 천하십강으로 불리는 화산파의 당대 장문인이라는 것을.

하지만 그 정도 이름값으로 검성의 존성대명을 함부로 부른다는 것은 도저히 묵과할 수 없는 일이었다.

검성은 누가 뭐래도 현 강호의 가장 큰 어른인 중원삼성 중한 명이었다.

한천 연경산이 천하제일로 불릴 때도 그랬고, 천하십강이란 이름 붙은 고수들이 그 명성을 얻었을 때도 논외로 칠 정도로 존경을 받아온 이 시대의 진짜 거물이 바로 검성인 것이다.

조문신 스스로 한 번도 언급조차 해보지 못한 이름을 함부로 외쳐 부른다?

그것도 북검회 앞에서, 그 후계자와 사대무단을 인질로 붙잡고서?

이는 절대로 용서가 될 수 없는 일이었다.

"이놈들이 천지 분간을 못하고 날뛰는구나."

조문신의 두 눈이 걷잡을 수 없이 치솟기 시작한 분노와 살기에 휩싸였다.

그런 분위기는 결코 조문신 혼자만의 것이 아니었다.

그의 등 뒤로 도열한 천강검대나 담장 위 참룡대와 방검대모두 명백한 적의와 살기 띤 눈빛으로 북검회를 침습하려는이들을 노려봤다.

더 이상 대화고 뭐고 필요할 것 같지 않은 대치가 시작되려했다.

오십 장이라는 거리를 두고 있지만 명령만 떨어진다면 당장 뛰쳐나가 사생결단을 내고 말겠다는 눈빛들이었다.

한 가지 문제라면 화산파 도사들 뒤편으로 사대무단과 장강옥이 인질 비슷하게 붙잡혀 있다는 사실뿐.

그때 맞은편 화산파 쪽에서 노도사 한 명이 뚜벅뚜벅 걸어나왔다.

풍채가 좋고 기백이 범상치 않은 노도사였다.

"화산의 대장로 손괴다."

우뚝 걸음을 멈추고 토해진 손괴의 말은 너무 짧았다.

일대제자들과 장로들로부터 그간의 사정을 전해 들은 손괴 역시 분노를 참지 않는 것이다.

"이놈들! 화산파 따위가 간이 배 밖으로 튀어나왔구나."

짧은 말에 거친 응대가 나온 것은 당연한 수순.

조문신이 당장에라도 검을 빼 들고 달려나갈 것처럼 이를 갈았다.

그때서야 퍼뜩 정신을 차린 군사 좌문공이 조문신의 한쪽 팔을 재빠르게 붙잡았다.

"……?"

"검군, 제가 맡겠습니다."

좌문공이 조문신을 뒤로하고 앞으로 나섰다.

"북검회의 군사 좌 모라 하외다. 명성이 자자하신 화산팔선의 첫째 손 장로를 뵙게 되어 영광이옵니다."

좌문공은 더없이 공손한 태도와 꿀을 바른 듯한 목소리로 손괴를 대했다.

지금은 감정을 상한 상태로 응대할 때가 절대로 아니란 판단이었다.

전후 사정을 아는 것이 무엇보다 중요했다.

더불어 사대무단이 붙잡힌 일이나 저들이 찾아온 목적을 알아내는 것이 우선일 것, 북검회의 머리인 자신이 해야 할 몫을 잘 아는 좌문공이었다.

그러면서도 화산파 진영 쪽을 두루 살피는 것을 잊지 않았다.

좌문공을 그 무엇보다 불안하게 만드는 존재, 화산파의 어린 태사조가 어디 있는지 찾아보는 것이다.

다행인지 불행인지 눈에 띄지는 않았지만, 그렇다고 안심할 수는 없었다.

언제 어느 때 허공 어디선가 뚝 떨어져 내려도 전혀 이상하지 않을 괴물이 바로 그 어린 태사조라는 것을 너무나 잘 아는 탓이다.

"본 파가 원하는 것은 간단하다."

"……."

"마교와 대적 중 중한 상처를 입고 귀환하는 본산의 매화검수들을 북검회가 습격했다."

"……!"

"……!"

"저들 입에서 그 모든 것이 엽무백의 명령에 따른 것이란 실토를 받았다."

손괴는 추호의 흔들림도 없는 눈빛으로 목소리를 높였다.

당연한 듯 북검회에선 받아들일 수 없는 말이었다.

아니, 애당초 말이 되지 않는다는 생각이었다.

"무슨 수작이냐!"

꾹 감정을 눌러 참고 있던 조문신이 버럭 목소리를 높였다.

인질로 잡고 고문을 가한다면 무슨 자백인들 못 받아낼까.

조문신뿐 아니라 뒤쪽에 도열한 북검회 무인 모두 더욱더 살기를 짙게 피워 올렸다.

하지만 손괴는 그런 북검회를 보며 더욱 싸늘한 목소리를 뱉었다.

"말 길게 나눌 필요가 없겠구나. 엽무백을 불러라. 그에게 직접 들을 것이니."

"이놈!"

차창!

조문신이 더는 참지 못하고 검을 빼 들었다.

천예검군 조문신.

그 또한 천하십강에 한 자리를 차지하고 있는 검의 대가였다.

그의 검에 시퍼런 예기가 너울거리기 시작하자 손괴 또한 두말없이 검을 뽑았다.

우우웅! 우웅!

수십만 마리의 벌떼가 날아다니는 듯한 소리가 거세게 검

주변으로 모이더니 시퍼렇고 눈부신 빛살이 검에서 쭉 뻗어
올랐다.

검 위로 다섯 자나 치솟아 올라온 시퍼런 검강.

보는 것만으로도 침이 꼴딱 넘어갈 정도로 무지막지한 공
력이 아닐 수 없었다.

무려 다섯 자 길이의 검강이란 건 그 누구도 듣도 보도 못
한 일이 아닐 수 없었다.

당장 뛰쳐나갈 것 같던 조문신의 걸음이 우뚝 멈췄다.

삐질.

식은땀이 몇 방울 얼굴에 어린 조문신이 슬쩍 좌문공을 쳐
다봤다.

"군사… 일단은 대화를 좀 더 나눠보시게."

"……."

"흠흠, 나는 검성을 모시러 다녀오겠네."

*　　　*　　　*

소회림은 북검회 장원 가장 깊은 곳에 위치해 있다.

돌로 담장을 쌓아 올린 것이 아니라 빽빽한 삼림이 커다란
울타리를 이루고 있었다.

그 삼림 안쪽으로 자그마한 가옥들이 드문드문 자리하고
있어 따로 떼어놓고 본다면 한가로운 산간벽촌 마을처럼 느

껴졌다.

이런저런 이유로 북검회에 몸을 의탁한 은거 고수들이 세상 밖의 일에 관여치 않고 살아가는 곳이 바로 소회림, 그중 유독 허름하게 보이는 초옥 안에 검성 엽무백이 앉아 있었다.

두 눈을 지그시 감고 앉아 있는 검성의 얼굴은 분칠을 한 것처럼 창백했다.

그런 검성의 등 뒤로 누런 베옷을 입은 노인 하나가 다가갔다.

"조금 따끔할 것이외다."

노인은 기다랗고 두꺼운 침 하나를 한 번의 망설임도 없이 검성의 머리 꼭대기에 푹 꽂아 넣었다.

급소 중의 급소라 말하는 백회혈을 두부처럼 뚫고 들어가는 장침.

그럼에도 검성은 아무런 느낌도 없는지 눈썹조차 꿈쩍하지 않았다.

변화는 베옷의 노인이 검성에게서 조금 떨어진 뒤 일어났다.

푸쉬쉬쉭!

압축된 공기가 한꺼번에 밀려 나오는 소리가 흘러나오며, 검성의 전신이 경련하기 시작했다.

연이어 귓구멍과 콧구멍에서 탁한 빛깔의 연기가 일제히 뿜어져 좁다란 방 안을 가득 채웠다가 사라졌다.

베옷의 노인이 눈살을 찌푸리며 손을 휘휘 저어 탁한 연기를 흐트러뜨렸다.

수증기처럼 뿌옇게 방 안을 채웠던 연기는 점점 엷어졌고 잠시 뒤 검성 엽무백이 눈을 번쩍 떴다.

베옷의 노인을 확인한 검성의 눈에 맑은 정광이 어리기 시작했다.

스스스슥!

머릿속에 박혔던 장침이 저절로 쑥 뽑혀 검성의 손바닥 안으로 툭 떨어져 내렸다.

기다란 침 여기저기 시커멓게 죽은피가 묻은 것을 본 검성이 베옷의 노인을 향해 공손히 입을 뗐다.

"고맙소, 백학."

"별소릴. 어차피 나을 상처를 조금 빨리 회복시킨 것뿐이외다."

"참으로 동성국(東盛國)의 침술은 신묘하기 그지없소. 일전에 강옥이를 고쳐준 것도 그렇고, 언제고 내 크게 보답하겠소."

검성이 다시 한 번 예를 표했지만 베옷의 노인은 크게 신경 쓰지 않는 얼굴이었다.

노인은 동성국 조의선문(早衣仙門) 출신으로 백학검선(白鶴劍仙)이란 명호로 불리는 이인이었다.

"백학… 외람되지만 내 청이 하나 더 있소."

검성 엽무백이 조심스럽게 입을 떼자 백학검선의 눈가가 살짝 일그러졌다.

　이름이나 명성과는 달리 주고받는 것에 철두철미한 이가 검성 엽무백의 본질이라는 것을 잘 알기 때문이었다.

　마찬가지로 권위로 똘똘 뭉쳐 남을 찍어 누르면 눌렀지, 아쉬운 소릴 하거나 자기를 낮출 위인이 절대로 아닌 것이다.

　"그대들의 힘을 빌리고 싶소."

　나직하게 흘러나온 엽무백의 말에 백학검선의 눈가가 떨리기 시작했다.

　"진심이시오?"

　"그렇소, 이 엽무백이 언제 허언을 한 적이 있소?"

　"흐음…… 힘을 빌려달라……."

　백학검선이 말끝을 흐리며 묘한 표정으로 검성을 바라봤다.

　"땅을 내어드리리다. 비옥하기로 소문난 장강 아래쪽 땅을……."

　"호오?"

　백학검선이 흥미가 동한다는 표정을 짓자 검성의 눈이 점점 가늘어졌다.

　어차피 남도련이 사라지며 무주공산이나 다름없는 곳이 바로 그 땅이었다.

　필요에 따라 이용하고 뒷일은 그때 가서 수습하면 그만

일 뿐.

"기북(起北)과 환중(桓中), 착남(齪南)의 식구들이 그곳에 정착할 수 있도록 본 북검회가 힘을 다해 돕도록 하겠소."

"말씀이야 참 고맙소만, 그리 경계하던 우리에게 중원 땅을 허락한다 하니 의구심이 커지는구려. 대체 무엇을 바라시오?"

백학검선의 표정이 완전히 달라졌다.

날이 바짝 서 있는 한 자루 검을 보는 듯한 눈매에다 풍기는 분위기 역시 서늘해졌다.

"화산파를 없애주시오."

"……!"

"멸절. 화산이란 이름을 달고 있는 자들이라면 개미 새끼 하나 살아남지 않도록."

엽무백의 눈빛과 얼굴에는 지워지지 않는 독기가 가득했다.

오히려 백학검선의 얼굴이 본래 그랬던 것처럼 수더분한 노인으로 되돌아왔다.

"밖에 소란을 떠는 저들을 말함이오?"

"……?"

엽무백은 무슨 소린지 모르겠다는 얼굴로 고개를 갸웃거렸고, 그때서야 헐레벌떡 누군가 달려오는 기척을 느꼈다.

"회주!"

소회림 안쪽을 쩌렁쩌렁하게 울리는 목소리, 다급하지만 낯익은 조문신의 음성이 틀림없었다.

그는 소회림의 울타리 안쪽으로 발을 들이지 못하고 목청을 높였다.

"화산파가 쳐들어왔습니다."

"……!"

"강옥이와 사대무단 전체가 인질로 잡혀 있으며……!"

쾅!

초옥의 문짝이 부서져라 열리며 검성의 신형이 불쑥 튀어나왔다.

쐐애액!

화살처럼 쏘아져 울타리의 경계까지 도달한 검성의 눈매가 눈앞의 조문신을 녹여 버릴 것처럼 이글거렸다.

"강옥이와 사대무단이 어쨌다고?"

뭔가 잘못 들은 것이 아닌가 하는 한줄기 의구심이 담긴 음성이었다.

따로 떨어져 나온 화산파 제자 몇을 인질로 붙잡기 위해 사대무단 전체와 장강옥을 보낸 것이다.

그런데 그들이 오히려 인질이 됐다?

"말씀드린 대로입니다. 화산의 장문인 선광우사와 매화팔선이라 불리는 장로들이 지금 사대무단과 장 공자를 인질로 잡고 정문에서 시위 중……."

"그… 그자는?"

"……?"

"그… 태사… 검신의 어린 제자 놈 말이다."

검성의 목소리가 심하게 떨리는 이유를 알지 못하는 조문신은 조심스럽게 고개를 갸웃거렸다.

군사 좌문공도 그러더니 검성마저 화산파의 이름 앞에 이렇듯 사색이 되는 것을 보니 마음이 더없이 무거워질 수밖에 없었다.

그것이 직접 염호를 겪은 자와 그렇지 못한 자의 차이였다.

"어떻게……? 거래는 유효한 것이오?"

언제 어떻게 다가왔는지 기척도 없이 엽무백의 등 뒤로 나타난 백학검선.

평소 머리카락 한 올 삐져나온 것 없이 정갈한 모습을 유지하던 검성이 잔뜩 구겨진 얼굴로 대답했다.

"저들이 눈앞에 왔는데……."

엽무백의 음성은 날카로울 수밖에 없었다.

힘을 빌리려 마음먹었던 동성국의 세력은 동쪽 끝 장백산 너머 까마득한 거리에 있는 곳이다.

갔다 오는 데만 해도 최소 몇 달이 소요될 정도로 먼 곳인데 거래는 해서 무엇 하나 하는 생각이었다.

순간 백학검선이 허름한 옷의 소매에서 시뻘건 글자가 적힌 노란색 부적을 한 움큼 꺼내 들었다.

“……?”

엽무백과 조문신이 고개를 갸웃하는 그때 백학검선이 입가에 묘한 웃음을 지으며 부적을 허공에 흩뿌렸다.

펑! 펑! 퍼버벙!

부적이 폭죽처럼 터지며 짙은 연기가 삽시간에 허공을 가득 채우며 뭉게뭉게 그 크기를 키워갔다.

끼아아아악!

“……!”

“헉!”

엽무백은 두 눈을 동그랗게 치떴고 조문신은 저도 모르게 비명 같은 소리를 토해냈다.

새벽 운무처럼 짙어지며 허공을 가득 채운 연기 속에서 귀청이 찢겨 나갈 것 같은 거조(巨鳥) 울음소리가 터져 나온 것이다.

화아악! 화아악!

연이어 거대한 날갯짓 소리가 두 번 울리더니 자욱했던 연기가 삽시간에 흩어졌다.

조문신은 물론 엽무백마저 턱이 떨어져 내릴 것 같은 표정이었다.

학이 보였다.

삼 층 전각 크기는 될법한 어마어마한 크기의 학.

백학검선이 그 등 위를 향해 훌쩍 몸을 날렸다.

사람 백 명은 너끈히 태울 것 같은 엄청난 크기의 등판에 내린 백학검선이 엽무백과 조문신을 굽어봤다.

"가고 오는 데 두 시진이면 족할 것이오. 잠시 뒤 뵙겠소이다."

촤아아악!

거대한 선학이 날개를 한껏 펼치자 그 풍압만으로 엽무백과 조문신의 몸이 날아갈 것처럼 휘청거렸다.

백학검선을 태운 선학은 한 번의 날갯짓으로 순식간에 창공으로 치솟아올랐다.

*　　*　　*

"대체 화산파는 무슨 억하심정으로 인질까지 잡고 본 회를 핍박하는 것이오?"

조문신이 사라지자 그 자리를 군사 좌문공이 대신했다.

그렇지만 그 음성이나 표정에 자신감이 없는 것은 매한가지였다.

가뜩이나 북검회 정문에서 일어난 소란을 접한 서안 백성들이 구름처럼 모여들고 있는 실정이었다.

이런 상황이라면 그 무엇보다 중요한 것이 바로 명분이었다.

정도를 표방하는 검과 연합 북검회나 화산파 모두 주변으로 모여드는 눈길을 의식하지 않을 수가 없는 것.

"인질? 지금 인질이라 했느냐?"

좌문공이 움찔할 만큼 대노한 음성이었다.

가장 앞서 있는 대장로 손괴는 당장에라도 시퍼렇게 치솟은 무지막지한 검강을 휘두를 것 같은 모습이었다.

좌문공의 눈빛이 부들부들 떨렸다.

그 역시 뒤편의 북검회 무인들과 마찬가지로 장강옥이나 사대무단이 이렇게 줄줄이 포박되어 있는 속사정과 화산파가 쳐들어온 속사정을 모르는 것은 마찬가지였다.

하지만 눈앞에 선 도사들의 눈빛이나 사대무단의 표정만 봐도 누가 잘못했고 잘했는지는 단박에 알아볼 수는 있었다.

늙은 도사나 젊은 도사나 억지로 노기를 눌러 참고 있는 화산파와 그들 사이에 고개를 푹 처박은 채 안절부절못하는 사대무단의 무인들이라니.

그 정도 사태 파악도 못 하고 북검회의 군사 자리에 앉아 있는 좌문공이 아니었다.

하지만 진짜 중요한 건 진실이 아니라 상황을 어떻게 풀어가는가 하는 것이다.

이런 때일수록 상대에게 절대로 명분을 주어선 안 된다는 것 역시 충분히 인지하고 있었다.

"용천장을 물리쳤다고 이제 북검회마저 발아래 두려 함이오?"

"……?"

"화산이 정녕 힘으로 강북을 도모하겠다는 심산인 것이오? 당당한 정도 문파라면 당장 인질부터 풀어놓고 대화를 해야 마땅할 것이오."

좌문공은 부들부들 떨리는 음성을 억지로 눌러 참고 최대한 목청을 높였다.

외려 설핏 당황한 것은 손괴였다.

이건 마치 화산파가 북검회에 못된 짓이라도 하러 온 것처럼 분위기가 흘러가고 있음이 느껴진 것이다.

그때 손괴의 등 뒤에서 우렁우렁한 진무의 음성이 토해졌다.

"감히, 세 치 혀로 본 파를 기만하려 함인가!"

하지만 좌문공도 지지 않았다.

여기서 밀리면 명분까지 잃는다는 것을 잘 알기에 그야말로 필사적이었다.

"인질을 붙잡고 본 회에 이렇듯 무도한 시비를 걸어오는 그대들이 어찌 도사라 할 수 있겠……!"

좌문공이 입을 열다 말고 두 눈을 부릅떴다.

진무의 신형이 미끄러지듯 지면을 밟고 폭발적으로 확대되어 온 것이다.

좌문공을 부채꼴로 에워싸고 있던 천강검대가 화들짝 놀라 검을 빼 들었다.

차창! 차차차창!

좌문공도 너무 놀라 뒷걸음치려 했으나 진무가 더 빨랐다.

턱!

좌문공의 목울대를 붙잡아 번쩍 들어 올린 진무.

그 진무를 천강검대가 다시 촘촘하게 에워싸 버린 것이다.

그럼에도 화산파 도사들 쪽에선 누구하나 움직인 이가 없었다.

장문인 진무가 결코 가볍게 움직이는 이가 아님을 믿기 때문이었다.

빽빽하게 둘러싼 채 자신을 향해 세워진 검끝, 하지만 진무는 오직 번쩍 들어 올린 좌문공을 노려볼 뿐이었다.

"똑똑히 들어라."

"……."

"싸우러 온 것이 아니다."

"……?"

"우리가 이곳에 온 것은, 엽무백 그에게 죄를 묻기 위해서니라."

부들부들 떨리는 눈길로 아등바등 거리는 좌문공, 그를 바라보는 진무의 눈동자가 무심하게 자신을 에워싼 천강검대를 훑었다.

휘익!

"……!"

좌문공을 짐짝처럼 내던져 버린 진무.

좌문공은 천강검대 너머로 붕 날아가면서도 오히려 당황한 표정을 감추지 못했다.

진무를 둘러싼 천강검대 역시 당혹스러운 눈빛을 지우지 못하고 어물쩍 검을 세운 모습이었다.

진무가 천천히 신형을 돌리며 화산과 제자들을 향했다.

"모두 풀어주거라."

"……!"

"……!"

"똑똑히 보여라. 화산이 왜 화산인지를!"

第八章

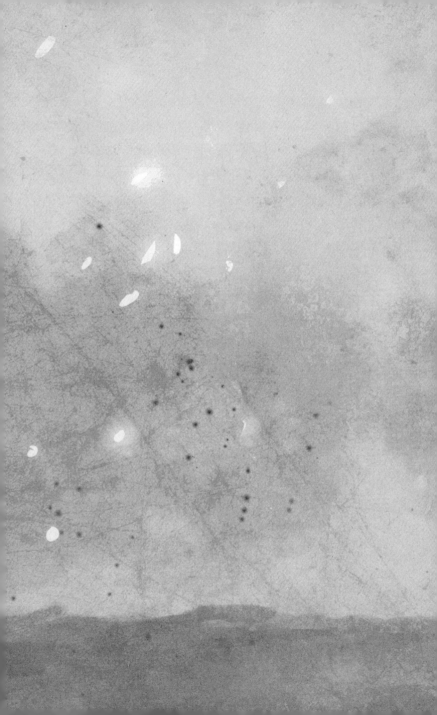

"모두 좀 나서줘야겠소."

검성 엽무백이 삼림 안쪽에 자리한 작은 전각들을 향해 소리쳤다.

조문신의 얼굴이 흠칫 떨리더니 긴장감이 전신으로 퍼져 가는 것이 훤히 보였다.

북검회가 처음 생겼을 때부터 존재했던 곳이 바로 소회림이다.

백학검선 같은 신비로운 능력을 지닌 이인이 얼마나 더 모여 있는지 제대로 알려지지도 않은 곳, 그 면면을 완벽히 파악하고 있는 이는 오직 그곳을 만들고 관리해온 검성뿐이 없었다.

"드디어 밥값을 하라는 것이구먼, 케케케케."

쇠를 갈아먹은 것처럼 듣기 싫은 웃음소리를 토해내며 나타난 꼽추 노인.

잔뜩 굽은 등에다가 축 늘어진 두 팔은 비정상적으로 길어 바닥에 질질 끌릴 정도였다.

조문신의 눈가가 일그러졌다.

분명 낯이 익는데 너무 오래전이라 기억이 나질 않았기 때문이었다.

그러다 갑자기 그 입에서 비명 섞인 음성이 토해졌다.

"허억! 청마수(靑魔手)!"

청마수 갈곤.

그 이름을 기억해 낸 조문신의 낯빛이 새하얗게 질려 버렸다.

사십여 년 전, 그러니까 조문신이 파릇파릇한 이십 대 초반이던 그 시절에 강호무림에서 가장 무시무시한 두 글자가 바로 갈곤이란 이름이었다.

그의 두 손에 찢겨져 고깃덩이가 된 무인의 숫자만 해도 기백 명이 넘으며, 무림공적으로 지목된 후에도 수백 명을 더 주살한 뒤 홀연히 사라져 버린 대마두.

그 후로도 오랜 세월 동안 그의 종적을 찾기 위해 수많은 정도문파가 피땀을 흘렸지만 감쪽같이 사라진 그는 어디에서도 흔적이 발견되지 않았다.

그 청마수 갈곤이 검성에 그늘 아래, 그것도 북검회 안에 있었다는 사실에 조문신은 숨이 턱 막힐 지경이었다.

"크게케케케, 노부를 아직 기억하고 있는 자가 있구나."

갈곤은 창백한 얼굴의 조문신을 보며 비릿한 웃음을 흘렸지만, 조문신은 아무런 대꾸도 할 수가 없었다.

그런 조문신의 눈가는 온갖 복잡한 생각으로 가득했다.

이 사실이 알려지면 과연 북검회가 온전할 수 있을지. 하지만 그런 걱정은 시작에 불과했다.

달그락! 달그락!

돌덩이가 부딪히는 기분 나쁜 소리에 조문신이 고개를 돌렸다가 뜨악한 표정을 지었다.

"헉!"

한눈에도 그 정체를 알아볼 수 있는 또 다른 마두가 보였다.

가뭄의 논바닥처럼 쭉쭉 갈라진 얼굴의 중년 거한, 드러난 살갗이 모조리 회백색 돌덩이를 보는 것아 마치 석상이 움직이는 것처럼 보였다.

그 기괴한 외향만으로도 누군지 몰라볼 수가 없는 인물, 사령신(邪靈神) 장패였다.

얼마 전 용천장이 방심한 틈을 타 각기 청해와 사천지역을 장악한 세력이 유령곡과 혈총이다.

그 유령곡과 혈총은 반백 년 전까지만 해도 천사맹이란 사파의 절대세력에 복속되어 있었다.

당시엔 천사맹의 힘이 무시무시해 정도무림 역시 무림맹을 만들어 그들과 대치하지 않을 수 없던 시절이었다.

그 천사맹이 어떻게 무너졌는지는 아직까지 밝혀지지 않았지만 정체가 불분명한 천사맹주보다 더욱더 거대한 공포로 군림했던 이가 천사맹의 이인자 사령신 장패였다.

석화신공(石化神功)이란 희대에 기공을 익혀 온몸이 금석처럼 단단한 것은 물론, 도검불침의 몸으로 수많은 무림맹 고수를 짓이겨 죽인 것으로 아직까지도 흉명이 남아 있는 인물이었다.

그 역시 천사맹의 해체와 함께 죽었다고 알려진 인물, 청마수 갈곤보다 무게감이나 이름값이 훨씬 높은 이가 사령신 장패였다.

"호호호홋! 검성께서 드디어 우리에게 일을 맡기시다니."

간드러진 여인의 웃음이 들리고 조문신의 고개가 그쪽으로 향했다.

"……!"

조문신의 얼굴이 어김없이 놀람을 표출했다.

하지만 전과는 또 다른 형태의 반응이었다.

여인이었다.

보는 것만으로도 침이 꼴딱이고 양물이 움찔할 만큼 뇌쇄적인 몸을 가진 여인.

죽립을 길게 써서 얼굴이 전혀 보이지 않는다는 것이 너무 안타깝다고 느껴질 만한 여인이었다.

요염한 자태를 숨기지 않고 걸어오는 여인. 그 순간 그녀의 발목을 타고 장정의 허벅지보다 더 굵은 시커먼 뱀 한 마리가 타고 올랐다.

"으억? 묵린사(墨鱗蛇)?"

이마에 한 자 길이의 뿔이 솟은 뱀이 시뻘건 혀를 날름거리며 여인의 몸을 천천히 타올랐다.

색요(色妖) 소부용, 수천 명에 달하는 사내의 정혈을 갈취해 죽였다는 희대의 악녀, 그녀 또한 무림공적으로 지목당한 지 수십 년이 넘고 생사가 불분명하다고 알려진 극악한 요녀였다.

때마침 묵린사가 날름거리던 혀가 그녀의 죽립을 살짝 들췄다.

"……!"

조문신이 기겁하는 표정을 지었다.

육감적인 몸과 달리 그녀의 얼굴은 주름이 자글자글한 노파의 그것이었기 때문이었다.

몸은 환골탈태를 해 젊어졌으나 얼굴은 세월을 이기지 못하고 쭈그렁 할머니가 된 소부용의 모습은 보는 것만으로 소름이 지워지지 않을 정도였다.

소회림 안쪽에서 모습을 드러낸 이는 단지 그들 셋이 전부가 아니었다.

그 면면을 정확히 확인할 수는 없으나 하나같이 사특한 분위기를 물씬 풍기는 이들로 가득했다.

색동저고리를 입은 노인에다, 외팔이인데 등에 쌍검을 멘 중년 사내, 철퇴를 허리춤에 꽂고 나온 장한…….

그 사이엔 얼마 전까지만 해도 무결옥에서 시비 일을 하던 여인까지 포함되어 있었다.

그녀가 사망림과 이름을 나란히 하는 자객집단 환락루의 주인이라는 사실을 조문신은 전혀 짐작조차 하지 못했다.

그렇게 모인 이들이 각양각색의 표정을 짓고 검성을 바라보고 있었다.

반면 검성의 얼굴에 서린 미소는 섬뜩하리만큼 차가웠다.

이런 날을 대비해 수십 년 동안 공들였던 이들이었다. 약점 하나씩은 완벽히 붙잡고 있는 이들이라 그들을 버릴 패로 사용하는 데 망설일 것이 전혀 없었다.

"화산파를 척살해 주시오. 그럼 자유를 줄 것이니."

"……!"

"……!"

일제히 격한 반응이 왔다.

하지만 누구도 반문하거나 따지는 이는 없었다.

검성이 품에서 무언가를 꺼내 휙 하고 허공에 뿌렸기 때문이다.

일제히 날아가 모여 있던 이들의 손에 떨어진 것은 자그마한 환약이었다.

"내공의 금제가 풀릴 것이외다. 물론 하루뿐, 끝나면 해독약도 내어 줄 것이고."

검성의 말을 다 듣기도 전 여기저기서 허겁지겁 환약을 삼키기 시작했다.

우우우웅!

구오오오오!

화라락! 파아앙!

여기저기서 폭풍 같은 기세가 하늘까지 치뻗어 오를 것처럼 터져 나왔다.

조문신의 낯빛이 사색으로 변해갔다.

공력을 회복한 이들이 맹렬한 살의를 지닌 채 검성을 노려봤기 때문이다.

자칫 화산파가 아니라 검성을 향해 단번에 공격을 감행할 것 같은 분위기였다.

그럼에도 검성은 태연했다.

아니, 이전까지 존대와는 다른 거침없는 명령이 내려졌다.

"화산파다. 거길 없애면 완벽한 자유다. 물론 몸 안의 독도 말끔히 제거해 줄 것이다."

맹렬하던 적의가 흔들리기 시작했다.

"크케케케! 하루면 충분하지. 화산파를 없애고 네놈의 목을 따기엔."

청마수 갈곤이 제일 먼저 신형을 쭉 뽑아 올렸다.

"호호호홋! 엽가야. 그 약속을 꼭 지켜야 할 것이다. 아니라면 네놈을 통째로 우리 묵아에게 먹이로 줄 것이니까."

늙은 노파의 얼굴이 점점 이십 대의 요염한 여인으로 변해 가는 소부용의 목소리였다.

날름거리는 묵린사의 혓바닥이 그녀의 얼굴에 진득한 타액을 묻힐 즈음 그녀 역시 소회림 밖으로 신형을 날렸다.

달그락, 달그럭.

사령신 장패는 말없이 검성을 한 번 노려본 뒤 발걸음을 뗐고, 그때마다 돌덩이가 부딪히는 소리가 터져 나왔다.

그가 앞으로 나가자 가로막고 있던 굵은 삼나무들이 후드득 꺾이며 길이 만들어졌다.

그 뒤를 따라 소회림에 모여든 이들이 하나둘 움직이기 시작했다.

검성은 여전히 차가운 미소를 가득 머금은 얼굴로 그 자리에 서 있을 뿐이었다.

그때서야 뒤늦게 또 다른 누군가가 등장했다.

철컹, 철컹, 철컹!

커다란 수레바퀴를 끌고 있는 초로인이었다.

바퀴가 구를 때마다 수레 위에 쇳덩이들이 요란한 소리를 냈으며 그만큼 많은 쇳덩이가 수레 위에 뒤엉켜 있었다.

치렁치렁한 검은 머리카락으로 얼굴을 가린 초로인, 그는 천천히 수레를 끌며 새로 만들어진 길로 나아갔다.

검성의 미간이 수레 끄는 초로인을 보며 잔뜩 일그러졌다.

백학검선과 더불어 자신의 통제를 받지 않는 인물이며 그 정체를 확실히 모르기 때문이었다.

하지만 조문신이 오히려 노인에 대해 아는 체를 했다.

"철노(鐵老)가 여기 있었습니까?"

북검회 무인들의 병기를 만드는 대장간 주인이 바로 철노였다.

근 삼십 년 동안이나 철방의 주인이었던 노인, 은퇴했다고 알려진 게 몇 년 전인데 소회림 안에 있을 것이라곤 생각지도 못한 것이다.

하지만 조문신이 아는 것은 거기까지였다.

검성 또한 그 정도는 익히 알고 있었고.

다만 철방을 맡기 전에도 뭔가 사연이 있음이 틀림없는데 그걸 알지 못한다는 것이 찜찜했다.

그럼에도 소회림 안에 머물게 했던 이유는 그가 내공을 익힐 수 없는 몸이기 때문이었다.

손과 발 역시 참근단맥 형을 당한 흔적이 고스란히 남아 있어 철방의 주인이 된 게 이상하다 여겨지는 인물이었다.

아무튼 위협이 되지 않고, 또 때때로 귀한 검을 한 자루씩 만들어주니 소회림 안에 머물도록 허락한 것이 전부였다.

그런데 느닷없이 무기를 잔뜩 쌓아놓고 밖으로 나선다?

뭔가 알 수 없는 싸한 느낌을 받는 검성이었다.

"회주? 대체 어떻게 된 일인지요……?"

조문신이 조심스레 물어오자 퍼뜩 정신을 차린 검성이었다.

소회림을 벗어난 이들의 면면이 알려지면 북검회가 무사하지 못할 것이라는 생각으로 정신을 차리기 힘든 조문신이었다.

"나를 못 믿는가?"

"……."

"이 모두가 강호의 안녕과 평화를 위해서라네."

"……."

"어서 가보게."

"……?"

"비겁한 암습으로 내상을 입었으니 마지막 운공을 끝내고 온전한 몸으로 모든 것을 제자리로 돌릴 것이니……."

*　　　*　　　*

[모두 안쪽으로 물러서라 이르게! 회주님의 명령이시네.]

북검회의 군사 좌문공의 귓가로 부회주 조문신의 다급한

전음이 들려왔다.

일촉즉발의 순간 들려온 목소리에 불구하고 좌문공은 냉정함을 잃지 않았다.

검성에게 상황을 전하러 간 조문신이 그런 명령을 내렸다면 필시 이유가 있을 것임을 믿기 때문이었다.

"퇴각하라! 대응치 말고 장원 안으로 속히 퇴각하라."

좌문공의 우렁찬 목소리가 터진 뒤 당황한 것은 오히려 화산파의 도사들이었다.

담장 위에 도열했던 참룡대나 방검대는 물론 진무를 겹겹이 에워싸고 있던 천강검대까지 삽시간에 장원 안쪽으로 사라져 버린 것이다.

"뭣들 하느냐? 어서 들어오지 않고?"

좌문공의 목소리가 향한 곳은 이제 막 포승줄에서 풀려난 뒤 화산파 제자들 사이에서 어물쩍거리고 있는 사대무단 쪽이었다.

갑작스런 본대의 철수에 당혹해하던 이들 역시 화산파 도사들과 좌문공의 눈치를 살피며 슬금슬금 정문 쪽으로 이동을 시작했다.

"허허~ 이런 별 해괴한 일을 보았나!"

대장로 손괴가 어이없다는 얼굴로 장탄식을 토해냈다.

전의를 한껏 불태우고 있던 또 장로들이나 제자들 역시 마찬가지 반응일 수밖에 없었다.

선전포고를 끝내고 곧 전면전을 벌이기 직전이었다.

그런데 느닷없이 죄다 꽁무니를 빼버린 것

더군다나 멀찌감치 떨어진 둔덕은 벌써부터 몰려든 구경꾼으로 가득한 상황이었다.

그런 때 제대로 싸워보지도 않고 북검회가 등을 돌린 것이니, 소문이 어떻게 퍼져 나갈지는 너무나 뻔했다.

그러는 동안에도 사대무단 무인들이 정문 안으로 슬금슬금 사라져 갔고, 화산파 도사들은 멍하니 그걸 지켜보기만 했다.

사실 그들을 붙잡을 수도 없었다.

이미 장문인의 명으로 인질을 풀어주라 했으니 되돌릴 수가 없는 것이다.

쾅!

마차 서너 대는 지나갈 것 같은 커다란 정문이 요란한 소리를 내며 닫히고 화산파 도사들만 그 앞에 덩그러니 남아버렸다.

"허어~!"

가장 앞에 홀로 서 있던 진무의 입에서도 결국 이해하기 어렵다는 탄식이 토해졌다.

진무 역시 대체 이게 무슨 상황인지 쉬 납득이 되지 않아 황당한 얼굴 표정이었다.

그때였다.

진무를 비롯한 장로들이 고개가 일제히 좌측 담장이 기다
랗게 이어진 곳으로 휙 돌아갔다.

"……!"

눈을 치뜬 진무가 다급하게 검을 뽑아 들었다.

쐐애액!

시꺼먼 그림자가 섬전처럼 날아들더니 그대로 진무를 덮
쳐 온 것.

청마수 갈곤이었다.

비정상적으로 긴 팔에서 시퍼런 손톱이 반 자 길이로 삐죽
치솟더니 그대로 진무를 찢어발길 듯이 짓쳐들어 왔다.

카캉!

진무의 검과 갈곤의 손톱이 부딪힌 곳에서 시퍼런 불꽃이
튀며 진무의 신형이 그대로 주르륵 밀려났다.

부릅떠진 눈과 파르르 떨리는 진무의 얼굴.

파라라락!

진무와 부딪힌 뒤 공중에서 팽이처럼 돌아 땅바닥으로 떨
어진 갈곤이 비릿한 웃음을 머금은 채 진무와 화산파 제자들
을 바라봤다.

"제법이군, 크게게케케."

기괴하고 소름 끼치는 웃음을 한 차례 흘린 갈곤이 기다란
팔을 축 늘어뜨렸다.

촤아악!

갈곤의 양손 끝에서 푸릇한 손톱 열 개가 쑥 자라나더니 전과는 비교할 수 없는 진득한 살기가 그대로 진무와 화산파 도사들을 향해 쏘아졌다.

안색이 더없이 굳어지는 진무.

"놈, 정체를 밝혀라."

진무가 갈곤을 향해 일갈을 내질렀다.

그런 진무의 반응에 가뜩이나 흉측한 갈곤의 얼굴이 더욱 일그러졌다.

극성으로 살기를 쏘아 보냈으니 오줌을 지려도 시원치 않을 상황이었다.

아니, 백이면 백 그래야 정상이었다.

"켈켈케케케! 검성, 그 늙은이가 우릴 꺼내준 이유가 있었구나."

갈곤이 천천히 손을 들어 올리더니 삐쭉 솟아난 제 손톱을 혓바닥으로 날름거리며 핥기 시작했다.

그걸 보는 진무가 굳은 얼굴로 눈살을 잔뜩 찌푸렸다.

더럽게 대체 뭐하는 짓인가 하는 표정뿐이었다.

느닷없는 습격에 뒤로 밀려난 상황이지만 확실히 냉철함을 되찾은 모습이었다.

그런 반응은 다른 장로들 역시 마찬가지였다.

청마수 갈곤의 살기가 엄청나긴 했지만, 이미 그보다 수십 배나 두렵고 무서운 마기를 온몸으로 견뎌냈던 경험이 있었다.

마령이라는 무시무시한 괴물을 직접 겪었으니까.

갈곤이 뿜어내는 살기에 주눅이 든 이들은 이대나 삼대의 어린 제자들 정도였다.

"흥! 언제까지 그 표정일 수 있는 보자꾸나. 켈켈켈켈."

갈곤이 비릿한 웃음을 토하다 갑작스레 지면을 박찼다.

진무 역시 일합을 겨뤘기에 감히 경시하지 못하고 전신의 공력을 끌어 올려 검끝에 집중했다.

후우웅!

푸릇한 빛이 검 위로 치솟으며 갈곤을 향하는 순간, 진무의 눈이 거세게 흔들렸다.

"……!"

자신을 향해 공격할 듯 날아오던 갈곤이 신형을 휙 뒤집었기 때문이다.

장로들과 일대제자들이 서 있는 공간 사이를 뚫고 빛살처럼 날아가는 갈곤.

흉측한 얼굴 사이로 번들거리는 눈빛이 뒤편에 도열한 이대와 삼대제자들 향했다.

"이놈!"

"어딜 감힛!"

장로 범중과 유학선이 재빠르게 검을 뽑아 들고 갈곤의 길을 막아섰다.

카캉! 카캉!

갈곤의 양손과 범중과 유학선의 검이 섬전처럼 교차했다.

"큭!"

"헉!"

그대로 튕겨져 나가는 범중과 유학선. 들고 있던 검까지 순식간에 반 토막 나 버렸다.

장로들은 경악했다.

다급한 와중에 검강을 일으키진 못했지만 백 년 공력이 담긴 검이었다.

그 검이 손톱에 맥없이 잘려 버린 것이다.

더구나 갈곤의 속도는 더욱 빨라져 그대로 이대와 삼대제자들을 향해 떨어져 내리고 있었다.

장로들을 믿고 반응하지 않았던 일대제자들의 낯빛마저 새하얗게 질렸다.

갈곤의 신형은 어린 제자들 사이로 뚝 떨어져 내렸다.

"피해라!"

다급한 송자건의 목소리가 토해졌지만 갈곤의 얼굴 가득 서린 살기는 더욱 흉포해졌다.

"간만에 보는 피 맛이로구나."

쐐애액!

섬뜩한 빛이 번뜩이는 열 개의 손톱이 채 약관도 안 된 어린 도사의 온몸을 그대로 찢어발기려 했다.

그 순간 갈곤의 눈이 튀어나올 듯 커졌다.

"......!"

마주 선 앳된 도사가 낯빛 하나 변하지 않고 검을 찔러왔기 때문이었다.

그게 전부가 아니었다.

촤라라라락!

삼시간에 수십 개의 검풍이 사방팔방에서 휘몰아쳐 왔다.

쏭! 슝! 슈슝! 슈슈슈슝!

그 검풍 속에서 느닷없이 수십 자루의 검이 쏘아지자 갈곤은 정신없이 양팔을 휘저어야 했다.

카카카카카카캉!

간신히 검을 튕겨내고 나니 주변엔 검을 세운 어린 도사들로 가득했다.

마치 포위라도 당한 듯 모두가 검을 내뻗고 있었다.

갈곤으로선 황당하기 이를 데 없는 심정이었다.

그 순간 제일 처음 목표로 삼았던 청년 도사가 차분한 표정으로 입을 열었다.

"화산파 이대제자 조세걸이다."

"......"

갈곤이 좀 전보다 더욱 황당하단 표정을 지었다.

감히 자신을 향해 태연한 얼굴로 통성명이라니.

"우습게 여기지 마라. 우리 역시 화산파의 제자다."

일말의 동요도 없이 흘러나온 조세걸의 목소리였다.

갈곤의 살기에 주눅 들어 움직이지 못했던 몇몇 어린 제자 또한 씻은 듯이 두려움을 떨쳐내고 갈곤을 향해 검을 세웠다.

솜털 보송보송한 어린 도사들의 검에 겨눠진 갈곤은 분노보다는 황당하다는 생각밖에 들지 않았다.

'노부가 그새 이렇게 약해졌단 말인가?'

수십 년 소회림에 갇혀 지내는 동안 강호무림에 영약의 단비라도 내려 모조리 일 갑자 내공이라도 거저 얻은 게 아닌가 하는 생각마저 들었다.

"오늘 늙은이 일진이 많이 사납네. 호호호호호홋."

때마침 하늘에서 끈적끈적하고 진득한 웃음소리가 요란하게 퍼져 울리더니 화려한 옷자락을 나부끼며 소부용이 우아한 자태로 떨어져 내렸다.

쭉 찢어진 궁의 사이로 미끈한 다리가 고스란히 드러난 소부용의 모습은 사내라면 누구라도 침을 꼴딱 삼킬 정도로 아찔한 자태를 뽐냈다.

당연한 듯 화산파 도사들의 시선도 그녀를 향해 모아졌다.

그 순간이 돼서야 소부용은 섬섬옥수 같은 손을 천천히 올리더니 죽립을 벗고 자신의 얼굴을 드러냈다.

우뚝 솟은 콧날과 앵두처럼 붉은 입술, 눈망울은 촉촉이 젖어 있으며 그려 넣은 것 같은 아름다운 눈썹은 쳐다보는 것만으로도 넋이 빠질 지경이었다.

사라라라락!

때마침 그녀의 미끈한 다리에서 사타구니를 타고 천천히 기어 올라온 묵린사가 그녀의 목 언저리에 멈췄다.

애무하듯 새빨간 혀를 날름거리는 묵린사가 소부용의 모습에 신비함을 한껏 더했다.

남자라면 턱이 떨어지고 침을 줄줄 흘려야 정상일 만큼 뇌쇄적인 모습.

그런데 화산파 도사들의 반응은 소부용의 예상과 전혀 달랐다.

마치 이 여자는 대체 뭐냐 하는 표정만이 가득했다.

'이럴 리가 없는데?

천하에 견줄 이가 없는 완벽한 얼굴에다 자연스럽게 발산되고 있는 환희미염공이 더해지면 사내들은 모조리 넋이 나가야 정상이었다.

아무리 수양이 깊은 도사든, 불심으로 무장한 땡중이든 예외가 없었다.

그런데 어떻게?

요희 소부용은 당혹스러움을 감출 수 없었다.

사실 이유는 너무 간단했다.

그녀보다 훨씬 예쁜, 더욱 아름다운, 더욱더 도도한 매력을 발산하는 천하제일미를 화산파 도사들이 매일처럼 지켜봐 왔기 때문이었다.

규중화 연산홍.

오죽했으면 반로환동한 염호조차 그녀를 볼 때면 불쑥불쑥 딴생각이 났을까.

연산홍의 완벽한 아름다움에 비하자면 소부용의 외모는 월광과 반딧불만큼이나 초라한 것일 뿐.

화산파 제자들이 멀뚱거리기만 할 뿐 아무 반응도 하지 않아 소부용이 너무나 당혹해하고 있을 때였다.

콰콰쾅!

멀리 떨어진 장원의 한쪽 담벼락이 굉음과 함께 와르르 무너져 내렸다.

사방팔방으로 돌 더미가 튀고, 그 잔해를 넘어 누군가가 뚜벅뚜벅 걸음을 옮기기 시작했다.

마치 거대한 석상이 걸어오는 듯한 착각.

사령신 장패를 본 진무가 가장 먼저 격한 반응을 보였다.

"서, 설마?"

그래도 젊은 시절 스승을 따라 강호를 두루 떠돌았던 진무였다.

당시만 해도 가장 큰 화제가 천사맹의 붕괴였다.

당연히 사령신 장패에 대한 전설 같은 이야기는 숱하게 들어 볼 수 있었다.

온몸이 돌덩이로 이루어진 것 같은 너무나 특이한 외모, 그 모습으로 무림맹 고수들을 수도 없이 짓눌러 죽였다는 사령신의 이야기는 전설이나 다름없었다.

정파무림인들에게는 공포의 대상이었던 이가 바로 사령신 장패였다.

"조, 조심하시게. 사령신 같네."

"……!"

"……!"

더듬거리며 흘러나온 진무의 목소리. 장로들 또한 일제히 온몸을 파르르 떠는 등 긴장한 얼굴로 눈을 부릅떴다.

장패를 향해 고정되는 장로들의 시선이 그러하니, 일대제 자들이나 그 아래 항렬은 말할 것도 없었다.

전혀 예기치 못한 적들이 등장하고 있는 것이다.

하지만 그게 끝이 아니었다.

사령신이 만든 길을 따라 꾸역꾸역 기괴한 몰골의 무인들 이 밀려 나왔다.

어림잡아 십수 명의 인원.

하지만 하나같이 흉포한 기운을 줄기줄기 뿜어내는 것이 누구 하나 얕볼 수 있는 이가 없었다.

화산파 전체로 긴장감이 더없이 팽배해져 가는 그때였다.

쿵! 쿵! 쿵! 쿵!

선두에서 천천히 걷던 장패가 갑작스레 내달리기 시작했 다.

화산파 도사들의 표정이 경악스럽게 변해갔다.

그 속도가 순식간에 빨라지더니 그림자만 남긴 사령신의 몸뚱이가 포탄처럼 쏘아져 왔기 때문이었다.

쐐— 애— 액!

"합공!"

진무가 다급하게 소리치며 검을 세웠다.

장로들 역시 재빠르게 쭉 검강을 뽑아 올리며 진무 옆으로 이동해 부채꼴의 검진을 펼쳤다.

여덟 개의 검강이 강렬한 빛을 뿜으며 온몸으로 쇄도해 들어오는 사령신을 향해 쏘아졌다.

카카카카카카카캉!

번쩍이는 튀는 강렬한 불꽃.

귀청이 찢기는 쇳소리와 함께 진무를 비롯한 장로들의 신형이 사방팔방으로 튕겨졌다.

"크윽!"

"컥!"

"쿨럭!"

피분수와 함께 비명을 토하는 화산파의 노도사들.

우뚝 멈춘 장패의 돌덩이 같은 몸뚱이에 여덟 개의 상흔이 남았지만, 이는 그저 바위에 내던져진 계란의 흔적 정도였다.

압도적인 힘이었다.

장패는 무심한 눈으로 튕겨져 나간 노도사들을 슥 훑어본 뒤 일대제자들 쪽으로 시선을 돌렸다.

그때서야 무심했던 사령신의 눈가에 약간의 감정이 서렸다.

당연히 전의를 상실했을 것이라 여겼던 젊은 도사들의 눈빛이 아직 살아 있음이 느껴졌기 때문이었다.

"화… 산… 좋… 구… 나. 그… 기백을 높이… 사주마."

얼마 만에 입을 여는지 뚝뚝 끊기는 음성에 누구 하나 등골을 타고 소름이 돋지 않은 이가 없었다.

"이, 이놈!"

"아직 끝난 게 아니… 쿨럭!"

튕겨졌던 장로들이 간신히 몸을 세우며 일어섰다.

그 가운데 선 장문인 진무 또한 파리하게 질린 안색으로 목소리를 높였다.

"크윽! 제자들은 두려워 말라. 우리는 화산……."

진무가 안간힘을 쓰며 입을 열었지만 그때 사령신을 뒤따라 나온 이들이 일제히 몸을 날리기 시작했다.

화산파 제자들을 향해 거침없이 살수를 쓰기 시작하는 이들..

앞서 자리했던 청마수 갈곤과 소부용 또한 때를 만난 듯 흉포한 살수를 거침없이 펼치기 시작했다.

카카캉!

쇄액!

차차창!

일대제자들이 검을 빼 들고 정신없이 그들을 상대했지만, 소회림에 머물던 마두들은 누구 하나 쉽게 볼 수 있는 이가 없었다.

그 하나하나가 장로들에 비해서도 크게 모자라지 않았으며 펼치는 무공 또한 악독하기 그지없었다.

살초 아닌 것이 없었고, 독랄하지 않은 공격이 없었다.

일대제자들이야 그럭저럭 싸우며 버틸 수 있었지만 이대와 삼대의 어린 제자들은 상황이 전혀 달랐다.

단번에 목숨이 오락가락하는 이가 속출하기 시작한 것이다.

사령신과의 일합으로 엄중한 부상을 당한 장로들 역시 스스로의 앞가림에도 벅차 하나둘 밀리기 시작했으니, 이대와 삼대제자들의 검신무 역시 제대로 된 위력을 발휘할 수가 없었다.

"큭!"

"아악!"

어린 제자들의 비명이 토해지기 시작하자, 일대제자들이나 장로들은 더 다급해졌고, 이는 점점 더 큰 위기로 변해갈 수밖에 없었다.

그때였다.

덜그렁, 덜그렁.

철컹! 철컹!

쇳덩이를 가득 싫은 수레가 힘겹게 무너진 돌담을 넘었다.

수레를 끌던 초로인의 눈이 화산파가 중심이 된 난전을 지켜보며 더없이 아득하게 변해갔다.

여기저기 비명과 함께 쓰러지는 화산파의 어린 도사들을 보며 부르르 몸을 떠는 초로인.

그가 수레에 잔뜩 실린 쇳덩이를 하나씩 집어 들기 시작했다.

한데 엉켜 있던 쇳덩이들은 투박해 보이는 철검이었다.

쓩!

노인의 손을 떠난 철검이 어린 제자들을 위협하던 청마수 갈곤의 등을 향해 그대로 쇄도했다.

"……!"

파캉!

황급히 검을 쳐낸 청마수가 황당하단 눈으로 초로인을 쳐다봤다.

한 푼의 내공도 실려 있지 않은 검이었다.

그런데도 그 빠름이나 위력은 가공할 정도였다.

더군다나 자신을 공격한 상대가 소회림에 함께 갇혀 지내던 인물이었으니.

그러거나 말거나 초로인은 가득 쌓인 철검을 정신없이 뿌려대기 시작했다.

슝! 슈! 슈슈슈슈슈!

초로인의 검이 소낙비처럼 쏟아져 내리자 여기저기 소회림의 마두들은 철검을 피하기에 급급해하면서도 당황함을 감추지 못했다.

느닷없는 초로인의 공격으로 적아의 구분마저 모호해진 상황.

잠시 동안의 소강상태가 이어졌다.

사령신 장패를 비롯한 갈곤이나 소부용마저 황당함을 이기지 못하고 초로인을 쳐다봤다.

이는 위기에 처해 있던 화산파의 장로들마저 마찬가지였다.

그렇게 초로인을 쳐다보던 장로들의 얼굴이 어느 순간 미친 듯이 경련하기 시작했다.

"기… 기 사형?"

장문인 진무의 더없이 떨리는 음성.

"한낱 파문제자에게 어찌 사형이라 칭하시는가…….'

초로인의 나직한 음성이 정적으로 휩싸인 전장으로 잔잔하게 퍼져 나갔다.

第九章

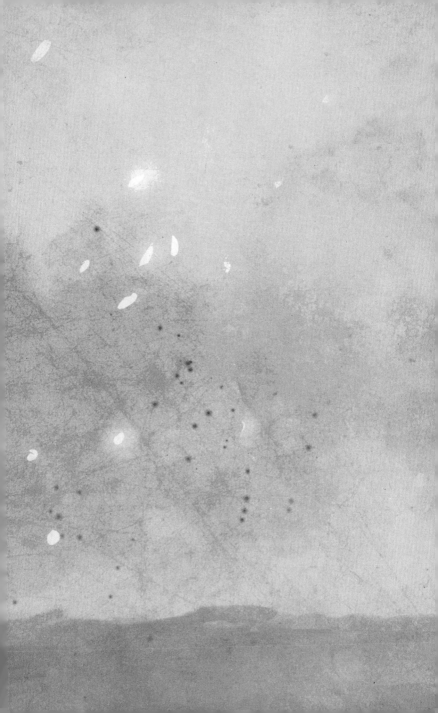

철검을 가득 실은 수레가 정문 앞까지 이동하는 동안 소강 상태는 계속되었다.

소회림에서 뛰쳐나온 마두들은 마두들대로 황당함에 물든 얼굴이었고, 전혀 예기치 못한 상황에 등장한 파문제자로 인해 화산파의 도사들도 넋이 나간 얼굴이었다.

덜그렁, 덜그렁.

초로인의 수레가 진무 앞에 멈췄고, 그를 지척에서 마주한 장로들 역시 어찌 반응해야 할지 갈피를 잡을 수가 없었다.

한때는 그들의 대사형이었던 존재, 그래서 모두 기 사형이라고만 부르던 그가 수십 년 세월을 넘어 너무나 예기치 못한 순간에 눈앞에 나타난 것이다.

그럼에도 엄연히 화산파에서 축출된 파문제자였다.

단전이 파훼되고 사지근맥마저 잘린 채 문외로 추방당한 제자, 이제 화산의 법을 집행하고 따르는 장문인과 장로가 된 그들이 과거의 이름으로 초로인을 부를 수 없는 것은 너무나 당연한 것이다.

반가움이 사무치고 기쁜 마음이 한량없음에도 인사조차 어찌해야 할지 몰라 진무와 장로들은 머뭇거릴 수밖에 없었다.

그럼에도 초로인이 먼저 입가에 옅은 미소를 지었다.

"다들 안녕하셨는가?"

"……"

"……"

"나는 도사가 아닐세. 어려워하지 말게나."

초로인의 음성이 이어졌지만 누구 하나 쉬 대답하여 나서는 이가 없었다.

사문에 죄를 짓고 축출된 제자를, 어린 제자들이 보고 있는 곳에서 버젓이 공대할 수도 없는 것이 화산파 노도사들의 입장이었다.

그런 이들의 마음을 잘 아는지 초로인이 먼저 뒤돌아섰다.

"그저 빚을 갚고자 함이니 이 늙은이는 신경 쓰지 마시게."

"……"

"……."

초로인이 수레에 실린 철검을 하나씩 들어 올렸다.

척! 척! 처척! 척!

허리춤에 빽빽이 철검을 꽂아 넣는 초로인, 그리고도 모자란지 양 옆구리에도 한 움큼의 철검을 잔뜩 끼워 넣고 두 손으로도 들 수 있는 만큼 철검을 집어 올렸다.

그 모습으로 마두들을 향해 나아가려는 초로인을 향해 진무의 음성이 다급하게 이어졌다.

"위, 위험합니다."

걱정 가득한 목소리에 초로인이 설핏 웃으며 진무를 향해 고개를 돌렸다.

치렁치렁한 머리카락 사이로 보이는 초로인의 얼굴에 환한 웃음이 걸렸다.

"내 잠시간 저들을 막아볼 것이니, 속히 몸을 돌보고 제자들을 추스르게."

"……!"

진무나 장로들이 말릴 사이도 없이 초로인이 앞으로 걸어 나갔다.

푹! 푹! 푹! 푹!

온몸에 가득하던 철검을 바닥에 거침없이 꽂아 넣는 초로인.

"케케케케케! 묘한 놈이로세?"

"호호홋! 네놈이 우리들을 막겠다고?"

청마수 갈곤과 요희 소부용이 비릿한 웃음을 지으며 초로인을 쳐다봤다.

그 둘을 제외한 이들은 사령신 장패 뒤편으로 물러서 가만히 사태를 지켜보기만 했다.

갈곤과 소부용이 짜증스런 눈으로 그들을 한 번 흘긴 뒤 동시에 몸을 날렸다.

이미 한두 차례 겪었지만 내공이 전혀 실려 있지 않은 철검 따위, 두려울 이유가 없다 여긴 것이다.

갈곤의 오른손 손톱이 쭉 자라나며 그대로 초로인을 덮쳐 갔다.

소부용은 목에 두르고 있던 묵린사를 마치 채찍처럼 휘둘렀다.

철컥! 철컥!

순간 초로인이 땅에 박힌 철검 두 자루를 재빠르게 뽑았다.

두 개의 철검을 그대로 부러뜨릴 듯 교차하는 초로인.

파창!

산산조각 난 철검의 파편이 전방을 향해 무섭게 비산했다.

쏴솨솨솨솨!

갈곤과 소부용이 기겁한 눈으로 허공에서 몸을 뒤집었다.

수십 다발의 강전이 쏟아지는 듯 날아드는 파편의 위력이 엄청났기 때문이었다.

"큭!"

"이놈이!"

갈곤의 얼굴은 흉신악살처럼 일그러졌고, 소부용의 옷은 여기저기 찢겨져 새하얀 속살 사이로 핏물이 흥건했다.

큰 상처를 입은 것은 아니지만 전혀 예기치 못한 공격에 적잖이 당황한 것이다.

"뭐하는가? 어서 제자들을 돌보지 않고?"

초로인이 다시 두 개의 철검을 뽑아 들고 소리쳤다.

진무와 장로들이 서로의 눈을 쳐다본 뒤 고개를 끄덕였다.

내공이 사라지고 사지근맥이 잘렸지만, 초로인의 뒷모습을 보며 모두가 동시에 한 가지 생각을 떠올린 것이다.

검신 한호 이후, 지난 백 년 이래로 화산파가 배출한 최고의 천재가 바로 기 사형이란 존재임을.

진무가 다급하게 뒤로 물러 선 뒤 쓰러진 이대제자들을 살피기 시작했다.

장로들 또한 여기저기 쓰러져 피 흘리는 삼대의 어린 제자들을 보살폈고, 일대제자들은 아무런 명령이 없었음에도 자연스럽게 초로인의 등 뒤에 정렬했다.

그들 또한 알고 있는 것이다.

장평의 사부이며 대사백이 되는 이가 눈앞의 초로인임을.

그럼에도 어린 시절엔 두렵고 무서워 함부로 다가갈 수 없었던 존재, 굳이 말하자면 신응담의 성정을 열 배쯤 부풀려놓은 이가 바로 눈앞의 초로인이었다.

또한 장평의 사부이기도 했던 존재, 그래서 더욱 남 같지 않았고, 이렇게 함께 싸울 수 있다는 것만으로도 감사하고 고마웠다.

"저희들이 뒤를 받치겠습니다."

송자건이 공손한 음성으로 입을 열자 초로인은 뒤돌아보지 않은 채 천천히 고개를 끄덕였다.

그래서 초로인의 눈가가 촉촉이 젖어 있음을 일대제자들은 알지 못했다.

'잘 자랐구나, 자건아. 대강아, 운아, 헌아…….'

삼십 년 세월이 되어가지만 그 이름과 얼굴 하나하나까지 또렷하게 기억하고 있는 것이다.

하루하루 그리워하지 않는 날이 없으니.

굽어 보이던 초로인의 등이 쭈욱 펴지더니 키가 순식간에 반 자는 더 커진 느낌이었다.

비로소 싸울 준비를 모두 끝낸 것처럼.

그때였다.

쿵! 쿵!

사령신 장패가 발걸음을 앞으로 내디뎠다.

"좋… 구… 나!"

돌덩이가 내뱉는 듯한 목소리였다.

쭉쭉 갈라진 얼굴 사이에 보석처럼 박힌 장패의 눈동자가 초로인을 향했다.

"하지만… 가는 길이… 다르니……!'

쿵! 쿵! 쿵! 쿵!

장패가 한 걸음을 내디딜 때마다 지축이 크게 흔들렸고, 그 속도가 순식간에 포탄처럼 빨라졌다.

진무를 비롯해 장로들을 한꺼번에 날려 버린 무지막지한 위력의 무공이 초로인을 향해 정면으로 쏘아지는 것이다.

그럼에도 양손에 검을 든 채 미동도 하지 않는 초로인.

"기 사형!'

"위험!'

어린 제자들을 돌보던 진무와 장로들이 비명처럼 소리쳤다.

이미 한 번 겪었으니 그 무시무시한 위력을 너무나 잘 아는 것. 또한 다급하여 앞뒤 가릴 것 없으니 보는 눈이고 말고 할 것 없이 기 사형을 외치는 것이다.

그 순간 초로인의 입에서 웃음 섞인 한줄기가 탄식이 흘러나왔다.

"쯧~ 물러 터져 가지고는……. 이리 마음 약해서 어찌 그 자리들은 꿰차고 있는지……."

말은 그렇게 하지만 입가에 옅게 서린 웃음이 사라지지 않는 초로인이었다.

그리고 그 순간 초로인의 양손에 들린 철검이 서로 다른 방향으로 크게 휘돌았다.

두 개의 원을 그리며 서로 닿을 듯 말 듯 재빠르게 휘도는 철검 두 자루.

좌라라라락!

순간 초로인 앞에 꽂힌 철검들이 일제히 부들거리더니 허공으로 치솟았다.

차차차차차착!

초로인의 검끝을 따라 길게 이어 붙어 버린 수십 자루의 철검.

검으로 만든 것 같은 두 개의 기다란 채찍이 초로인의 양손을 따라 와류를 그리며 거세게 회전했다.

사령신 장패의 신형이 초로인을 그대로 으깰 것처럼 달려드는 그때.

좌아아아악!

오른손에서 휘돌던 철검이 그대로 전방으로 쏘아지기 시작했다.

파각!

파파팍! 파파파파파파팍!

뻗어 나간 철검은 강력하게 쇄도해 오는 사령신의 몸뚱이에 부딪혀 산산이 깨져 나갔다.

검이 부딪히는 곳은 오직 한 점.

사령신의 명문이 있는 가슴 한가운데였다.

파각!

마지막 철검과 함께 오른손이 빈손이 될 때 왼손에서 휘돌던 검이 다시 쏘아졌다.

팍! 파파파파파팍!

철검은 촌각의 틈도 주지 않고 사령신의 앞가슴에 부딪히며 깨져 나갔다.

쩌적!

그리고 절대 깨져 나갈 것 같지 않던 돌덩이에 균열이 시작됐다.

내달려 오던 사령신의 신형이 우뚝 멈춘 것.

초로인과의 거리는 고작 십여 걸음 앞이었다.

촤라라라락!

비어 있던 초로인의 오른손이 수레 쪽을 향해 휘돌자 그 손길을 따라 수십 자루 철검이 커다란 회오리를 형성하며 딸려 들어왔다.

사령신 장패가 우뚝 선 채 재빠르게 양손을 교차해 자신의 명문을 가로막았다.

퍼픽! 퍼퍼퍼퍼픽!

통나무처럼 굵은 사령신의 양팔 위로 다시 철검이 부딪혀 갔다.

우수수 돌 부스러기가 떨어지며 점점 얇아져만 가는 팔뚝.

사령신은 이제 몸을 웅크린 채 그 자리에서 버티고 있는 것만도 용한 지경이었다.

반격의 여력도 없이 멈춰 버린 사령신. 그를 뒤따라 나온 소회림의 마두들 역시 입을 쩍 벌린 채 초로인의 기경할 검학을 보며 부들부들 떨 수밖에 없었다.

촤락!

초로인이 검을 거둔 것도 그 순간이었다.

아직도 수레에는 절반이나 되는 철검이 쌓여 있었다.

그 검이 다 부서질 때면 사령신의 몸뚱이가 조약돌처럼 변해 있을지도 모른다는 생각이 들 무렵 공격이 멈춘 것이다.

사파무림의 전설이라는 사령신 장패, 이제 누가 봐도 승부는 명명백백했다.

"기, 기 사형?"

"대체 어떻게?"

장로들은 얼떨떨한 얼굴로 묻지 않을 수가 없었다.

어떻게 내공조차 없는 몸으로 이렇듯 신비한 검학을 펼칠 수 있는지를.

그 순간이 돼서야 초로인 기 사형의 얼굴에 처음으로 지울 수 없는 슬픔의 빛이 드리워졌다.

"자전철사강기(紫電鐵沙罡氣)… 이는 화산에서 시작된 무공, 그저 되돌려 주고 싶어서 여태껏 살아왔다네."

초로인의 한마디에 화산파 일행에 침묵이 감도는 동안, 소회림 마두들 사이에서는 커다란 혼란이 일었다.

수레 가득 철검을 싣고 나와 신이한 검술로 사령신 장패를 무릎 꿇려 버린 초로인, 그 하나의 등장으로 마두들은 어찌할 바를 몰라 갈팡질팡할 수밖에 없었다.

안에 갇혀 지내던 이들 중 최고의 고수는 사령신 장패였다.

청마수 갈곤이나 요희 소부용 역시 흉명이 자자한 악인이라 하지만, 사령신 장패에겐 한참이나 못 미치는 것이 사실이었다.

마두들이 은연중 사령신 뒤를 따르는 이유 또한 그가 그만큼 대단한 인물이기 때문이다.

그 사령신이 주저앉아 일어서지도 못하는 상황이니 다른 마두들은 당장 어찌 행동해야 할지 판단할 수가 없었다.

다시 철검을 바닥에 푹푹 꽂아 넣은 초로인.

화산파 도사들 앞을 홀로 가로막고 선 그 존재감을 감히 넘어설 엄두를 낼 수가 없었다.

"어서 피하시게."

그런데 뜻하지 않은 초로인의 음성이 진무와 장로들에게 나직하게 이어졌다.

잠시 당황한 진무가 재빠르게 응대했다.

"그럴 수 없습니다. 우린 싸우러 이곳에 온 것이 아니기 때문입니다."

초로인이 고개를 갸웃하며 고개를 돌렸다.

처한 상황과는 다르게 강직하고 흔들림 없는 진무의 얼굴을 보곤 은은히 눈빛이 흔들릴 수밖에 없었다.

오랜 기억 속의 진무는 그다지 크게 기억에 남아 있지 않은 사제였다.

남천관의 사승을 이었을 때도 참 의외라는 생각이 들었을 정도.

험난한 강호의 풍파를 겪기에는 너무 순한 성정을 가졌다고만 기억되는 이가 진무였다.

그런 진무가 지금 장문의 위를 수행하며 이곳에 있는 것이다.

화산파를 이끌고 북검회를 직접 상대하기 위해 이곳에 온 것도 모두 눈앞의 장문인의 의중일 것이 분명했다.

그런 기억들이 초로인의 눈빛을 흔들리게 했다.

"북검회는 엄중한 부상을 입은 본산의 일대제자 반운산과 그 사형제들을 급습해 인질로 삼으려 했습니다. 모든 것은 북검회주 검성의 사주로 벌어진 일, 우린 그에게 죄를 묻기 위해 이곳에……."

"그러기 위해 제자들이 다 죽어도 좋단 말인가?"

초로인의 나직한 반문에 진무가 흠칫 몸을 떨었다.

하지만 잠시뿐, 이내 굳건한 목소리로 응대했다.

"화산의 이름을 지키는 것, 그것이 장문인의 소임이며 장로들과 화산의 제자들이 지키고자 하는 본 문의 가치입니다."

진무는 전혀 물러설 뜻이 없었다.

그 등 뒤로 하나둘 자리를 잡고 선 장로들이나 제자들 역시 마찬가지 눈빛이었다.

불의(不義) 앞에서 절대로 물러서지 않겠다는 강인한 의지, 그것이 설령 죽음이란 결과를 맞는다 해도 당당히 맞서겠다는 그들의 뜻이 하나의 거대한 기상으로 변해갔다.

초로인의 눈빛이 점점 더 크게 흔들렸다.

파문 이후 홀로 감내해야 했던 인고의 세월이 주마등처럼 스쳐 가며 가슴이 먹먹해지는 것을 주체하기 힘들었다.

너무도 강하고 이처럼 올곧게 변한 화산파를 생전에 다시 볼 수 있을 것이라 어찌 티끌만큼이라도 기대했겠는가.

그저 무성한 소문처럼 백 년 전의 검신 태사조의 등장과 그 후광으로 일시적인 영화를 누린다고 여겼을 뿐이었다.

그런데 이제 직접 본 화산은 과거의 기억 속 화산과 전혀 달랐다.

그때만 해도 더 이상 미래가 없을 것이라고 여긴 것이 사실이었다.

그래서였다.

모든 것이 화산파를 위해서였다고, 화산파를 강하게 만들기 위해서였다고 스스로 변명하고 자위하며 무수한 원망의 날을 보냈었다.

그렇게 하루가 가고 시간이 가고 세월이 흘러가고 모든 것을 놓을 수 있게 되니 조금씩 보이기 시작한 것이 있었다.

화산.

그 가치는 결코 무공 안에 있는 것이 아니라는 사실을.

'그곳에 내가 있는 것만으로도 더없는 것을……'

촉촉이 젖어오는 마음, 자칫 기억 속으로 함몰되어 갈 것만 같은 감정에 취해 있던 초로인이 퍼뜩 정신을 차렸다.

삼십 년 세월이나 북검회에 머물러 있던 이유가 떠오른 것이다.

언제인가 이들이 화산파를 크게 위협할 것이라는 것을 알았기 때문이다.

그때가 오면 티끌만큼의 도움이라도 되기 위해, 북검회의 허실을 파악하며 지난 세월을 보내왔다.

그러다 소회림까지 들어가게 된 것.

초로인은 들끓는 감정들을 힘겹게 떨쳐냈다.

"검성 엽무백은 실로 무서운 자일세."

차갑게 흘러나온 초로인의 음성에 화산파 문도들이 일제히 흠칫 몸을 떨었다.

이전까지와는 또 다른 무게감이 담긴 음성이었기 때문이다.

"그는 화산파의 완전한 멸문을 원하고 있네."

"……!"

"……!"

"돌아가시게. 곧 저들보다 더욱 두려운 이들이 이곳에 나타날 것이야."

초로인의 마지막 말에 화산파 문도들의 낯빛이 파르르 떨릴 수밖에 없었다.

눈앞의 적들만 해도 여태껏 듣도 보도 못한 고수가 대부분이었다.

그런데 이들보다 더 두려운 자들이 온다니.

진무의 안색 역시 급격히 어두워질 수밖에 없었다.

당연한 듯 어린 제자들을 먼저 살피기 시작한 진무의 눈.

채 꽃도 피워보지 못한 이대와 삼대제자들이지만 그들 모두 결연한 의지와 눈빛으로 진무를 바라보고 있었다.

십여 명이 넘는 사형제가 중상을 입어 물러섰지만 누구도 두려워 떠는 이가 없었다.

그래서 더욱 결정하기가 힘들었다.

이토록 어리고 굳건한 제자들을 사지로 내몰 수는 절대로 없는 일.

'하아… 태사조님…….'

진무의 마음속으로 절로 염호가 떠올랐다.

더 이상 기대지 않겠다고, 더 이상 그 그늘에만 있지 않겠다고 이곳에 왔지만 해결하기 어려운 난관에 봉착하니 태사조 생각이 간절한 것도 어쩔 수가 없는 일이었다.

그만큼 어려운 결정이었다.

화산의 의기와 뜻도 중요하지만 어린 제자들의 목숨 값이 어떻게 그보다 중요할 수 있을까 하는 생각.

도저히 판단을 내릴 수가 없었다.

오랜 세월 장문직을 수행해 왔지만 이 순간 무엇이 옳고 그른지 알 수 없었다.

더없이 깊어지는 진무의 눈빛, 그런 장문인의 마음을 장로들이라고 모르지 않았다.

물러서야 한다는 것을 알았다.

다만 이대로 등을 내보인다면 제자 반운산과 태사조 염호를 무슨 낯으로 볼 수 있겠나 하는 자괴감이 자신들의 발걸음을 붙잡고 있음을 모두가 느끼고 있는 것이다.

그렇듯 진퇴를 놓고 화산파의 노도사들이 잠시 깊은 고민에 빠져 있을 때였다.

"네놈들 마음대로 도망칠 수 있을 것 같으냐!"

"……!"

"……!"

굳게 닫힌 정문 위로 고고하게 떨어져 내린 검성의 눈이 화산파 도사들을 굽어봤다.

그러면서도 그 시선은 재빠르게 어린 도사들 먼저 쪽을 훑었다.

혹시나 염호가 그 안에 있을까 몰라 본능적으로 튀어나온 반응이었다.

잠시 후 백발과 백염이 길게 늘어진 검성의 얼굴에 섬뜩한 미소가 걸렸다.

염호만 없다면 화산파 문도들 따위야 조금도 문제될 것이 없다는 생각 때문이었다.

그리고 그 염호마저 확실히 상대해 줄 동성국의 이인들이 머잖아 이곳에 도착할 것이니, 그전에 찌꺼기 같은 화산파 도사들을 먼저 쓸어버리고자 하는 것이다.

검성의 시선이 소회림의 마두들을 향했다.

"무엇들 하고 있느냐?"

"……."

마두들의 날선 시선이 일제히 검성을 향해 모아졌다.

마치 부하들에게 명령하는 듯한 그 음성에 당연한 듯 이어진 반발이었다.

"자유를 얻고 싶다면 어서 저놈들을 죽여야 할 것이다."

"우린 네놈의 수하가 아니… 커억!"

양손에 철퇴 두 개를 든 털북숭이 장한 하나가 검성을 향해 눈에 쌍심지를 켰다가 갑자기 비명을 내질렀다.

철퇴를 툭 떨어뜨린 뒤 두 손으로 제 머리통을 힘겹게 부여잡는 털북숭이 장한.

퍽!

일순간 장한의 머리통이 잘 익은 수박처럼 터져 나갔다.

소회림 마두들은 기겁한 눈으로 검성을 쳐다봤다.

"너희 같은 악인들을 그냥 풀어줄 수는 없는 일이 아니겠느냐?"

"놈! 대체 무슨 짓을?"

청마수 갈곤이 노성을 터뜨리며 이를 갈았지만 감히 달려들 엄두를 낼 수는 없었다.

"아까 먹인 환약에 자모고(字母蠱)의 알을 넣었어. 확실히 음흉하고 악독한 늙은인이야."

요희 소부용 역시 맹렬한 적의를 품었지만 어딘지 자포자기한 목소리였다.

반면 소회림 마두들은 자모고란 말에 안색이 완전히 돌변했다.

"이 악독한……!"

"찢어 죽일… 풀어준다는 약속은……."

마두 몇이 분노를 참지 못하고 검성을 노려봤지만 단지 그뿐이었다.

자모고가 얼마나 무시무시한 독충인지 익히 알고 있고, 또 눈앞에서 그 위력을 목격했으니 감히 더 이상 반발을 하지 못했다.

시전자의 뜻을 거스르면 머릿속에 부화된 알이 화탄처럼 터져 나가는 무시무시한 독충이 바로 자모고다.

알을 깐 모충을 없애지 않는다면 영원토록 시전자의 노예가 될 수밖에 없는 독충.

물론 죽을 용기가 있다면 전혀 문제될 것이 없는 물건이기도 했다.

"강호의 안녕을 지키며 평생을 몸 바쳐 온 나 검성이, 어찌 네놈들을 아무런 방비 없이 그냥 풀어주겠느냐."

검성의 나직한 음성이 흘러나오는 그 순간.

"개! 잡! 놈!"

퍽!

노기를 억누르지 못하고 쌍소리를 토한 중년인의 머리통이 그대로 터져 버렸다.

마두들 모두가 얼음덩이처럼 굳어졌다.

침을 꼴딱꼴딱 삼키는 이들.

그들 또한 어쩔 수 없는 선택을 해야 할 때라는 것을 받아들였다.

이대로 검성의 개가 되거나, 아니면 욕이라도 한 번 내뱉고 머리통이 터지거나.

"호호호호홋! 일단 저놈들 먼저 죽이자고."

소부용이 먼저 나섰다.

그녀는 절대로 죽고 싶은 마음이 없었다.

잠시 잠깐이지만 공력을 회복하고 젊음을 되찾은 이때를 두 번 다시 되돌리고 싶지 않았다.

"크케케케케! 나야, 그저 피 맛을 보면 족하니까."

청마수 갈곤 역시 소부용과 마찬가지 마음이었다.

살아 있어야 다음 기회가 있는 것, 그래서 여태껏 버텨오지 않았는가.

더구나 언제고 기회가 생겨 모충을 지닌 검성의 목을 따기만 하면 자모고에서도 자유로워질 수 있으니, 당연히 이대로 죽을 마음은 없었다.

사령신 장패 역시 움츠리고 있던 몸을 천천히 일으켜 세웠다.

그 또한 반드시 살아남아 해야 할 일이 있다는 눈빛이었다.

세 명의 거두가 싸울 뜻을 내비추자 남은 마두들 역시 자연스럽게 동조하기 시작했다.

검성의 입가에 드리운 미소가 더욱 음험하고 차갑게 변해갔다.

당연히 이렇게 될 것이라는 것을 알았다는 듯.

"이 모든 것이 다 강호의 안녕과 평화를 위해서니라."

第十章

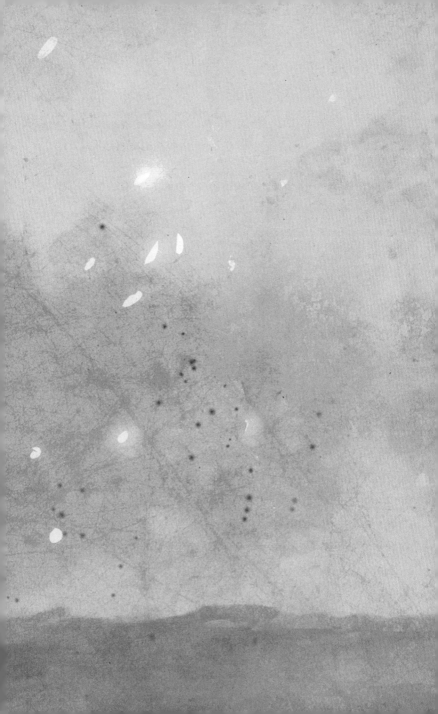

소회림의 마두들과 화산파 문도들 사이의 난전이 시작됐
다.

　하지만 처음 마두들이 나타났을 때와는 상황이 전혀 달랐
다.

　그들이 펼치는 악독한 살초를 이미 한 차례 겪었다는 것도
한몫했지만 무엇보다도 사령신 장패의 운신을 기 사형이라는
초로인이 막고 있다는 것이 가장 큰 이유였다.

　어린 제자들을 위협하던 갈곤은 진무와 장로 범중 앞에 가
로 막혀 큰 힘을 쓰지 못했고, 요희 소부용은 대장로 손괴와
옥허궁 서림이 막아서자 오히려 밀리는 형국이었다.

다른 장로들 역시 각기 마두 하나씩을 맡아 비등한 싸움을 했으며, 일대제자들이 힘을 합하고 이대와 삼대제자들이 검신무를 펼치며 일대제자들을 돕기 시작하자 정신없이 밀리는 것은 오히려 소회림의 마두들이었다.

그럼에도 이를 지켜보는 검신 엽무백의 표정엔 별다른 변화가 없었다.

"회주! 정말 이래도 괜찮은 건지요?"

뒤늦게 나타나 검성 옆에 올라선 조문신의 얼굴에는 어두운 그림자가 가득했다.

"무엇을 걱정하는가?"

"청마수나 요희는 무림공적이 아닙니까? 사령신 또한 사파 무림의 거두이고……."

"악인들을 거둬 오랜 세월 동안 내 친히 개과천선시키지 않았는가?"

"……."

"또한 저들을 이용해 무림의 분란을 조장하며 사특한 뜻을 품은 화산파를 응징하려 함인데, 누가 내 선의(善意)에 의문을 품겠는가?"

"……."

검성의 말에 조문신은 더 이상 의문을 표할 수가 없었다.

그럴싸하게 포장된 검성의 말을 듣고 보니 충분한 명분이 있었기 때문이었다.

아니, 오히려 오랜 세월 잊히고 있던 검성의 명성이 더욱더 높아질 일이 분명했다.

"그나저나 본 회의 방비가 이처럼 허술했다는 것에 대해 큰 반성을 해야 할 것이야. 하나부터 열까지 아직도 내가 직접 나서야 하다니……"

검성의 나직한 질책에 조문신은 감히 고개를 들 수가 없었다.

"이제 곧 원군이 당도합니다. 검성 어르신."

장원의 안쪽에서 들려온 군사 좌문공의 조심스러운 목소리였다.

그곳엔 퇴각했던 북검회 무인들이 언제든지 다시 달려나갈 채비를 마친 채 서 있었다.

사대무단 소속 무인들 역시 화산파에 복수를 하고 명예를 회복하겠다는 의지로 가득한 채 검성의 명령이 떨어지길 기다렸다.

"원군이라고?"

"그렇습니다. 외곽에 배치된 십이검천에 연락이 갔으니……! 저기! 오고 있습니다."

내내 풀이 죽어 있던 조문신이 고개를 바짝 들고 반색을 했다.

어쨌든 천예검군이란 명호로 지난 십여 년간 북검회를 직접 다스려 온 이가 조문신이었다.

그동안 남도련이나 용천장과 알력을 유지하기 위해 많은 공을 들인 것이 십이검천이었다.

　그 십이검천 중 가장 가까이에 배치된 이들이 복귀하고 있는 것.

　여산검문과 종남파 소속 검수들로 구성된 남천검대와 진령파와 순양문 출신으로 구성된 진천검대였다.

　각기 이백씩 도합 사백이나 되는 검수들이었다.

　서로 다른 방향의 산자락을 타 넘어 부리나케 북검회를 향해 달려오는 이들을 확인한 화산파 도사들 안색이 싹 변했다.

　마두들을 상대하는 것에 여유가 있다 해도 압도적인 상황은 아니었다.

　그런 때 화산파의 두 배나 되는 북검회의 원군이 또다시 늘어난 것이다.

　장로 범중과 함께 갈곤을 몰아붙이던 진무의 눈이 다급해졌다.

　다른 장로들이나 제자들 역시 눈에 띄게 동요하기 시작했다.

　그 상황을 지켜보던 검성의 입가에 비릿한 웃음이 걸렸다.

　"아이들을 내보내 놈들을 포위하게."

　"넵! 회주!"

　기다렸다는 듯 조문신의 대답이 이어졌다.

　다시 활짝 열린 정문.

밖으로 천강검대가 쏟아져 나갔고, 연이어 참룡단과 방검단이 뒤를 따랐다.

전열을 재정비한 사대무단까지 더해지자 그들의 숫자만 육백이 넘었다.

거기에 남천검대와 진천검대마저 합류하니 근 열 배에 달하는 숫자가 화산파를 겹겹이 에워싼 상황이 된 것이다.

그것만으로도 엄청난 압박감이 아닐 수 없었다.

마두들을 상대하는 화산파 도사들의 검이 점점 어지러워졌다.

아무리 일취월장한 무공을 지녔다 해도 상황이 주는 압박감을 이겨내는 것은 보통 일이 아니었다.

특히나 어린 제자들은 더할 수밖에 없었다.

그때였다.

"눈앞의 적만 생각하거라."

장문인 진무의 우렁우렁한 목소리가 토해졌다.

"북검회가 정파라면 비겁한 짓을 하진 못할 것이다."

대장로 손괴가 진무의 뜻을 받아 더욱 목소리를 높였다.

"마두와 합공을 한다면 그것이 어찌 정파연합이겠느냐!"

연이어 옥허궁 서림의 목소리가 더해지자 어지럽던 제자들의 눈빛이 차츰 편안해지기 시작했다.

진무와 장로들의 연륜이 심기가 흐트러지는 어린 제자들을 다독이자 검성의 얼굴 가득하던 웃음이 더욱 짙어졌다.

"화산파 놈들은 인면수심의 탈을 쓴 자들이다. 북검회 소속 문파를 업신여겨 이곳에 쳐들어왔으며, 강호의 평화와 안녕을 해치려는 간악한 자들이니 도의를 따질 필요가 없다."

공력을 실은 검성의 목소리가 쩌렁쩌렁하게 퍼져 나갔다.

"누가 인면수심……!"

진무가 갈곤을 상대하다 대노한 목소리를 토했지만 더 이상 이어지지 못했다.

고개를 슬쩍 돌려 버린 검성이 조문신과 좌문공을 향해 고개를 끄덕였기 때문이었다.

"전원 공격하라."

조문신이 명을 내리자 천 명에 달하는 북검회 무인이 일제히 난전 속으로 뛰어들어 갔다.

순간 검성이 고개를 설레설레 저었다.

"어찌……?"

그 이유를 파악하지 못한 조문신의 반문이 이어질 때 군사 좌문공의 목소리가 더해졌다.

"제압할 필요 없으니 살초를 아끼지 말라."

그때서야 고개를 끄떡거리는 검성. 그 얼굴에는 이게 다 강호의 평화와 안녕을 위해서라는 의지로 가득했다.

화산파 도사들이 당혹스러움을 감추지 못하고 정신없이 밀리기 시작했다.

촤라라라라락!

그 순간 기 사형이라 불린 초로인의 철검 수십 자루가 기다란 채찍처럼 한데 이어 붙었다.

쐐애애액!

사사사사사삭!

커다란 원을 그리며 휘도는 철검의 궤적을 따라 수십 명이 넘는 이의 허리가 그대로 반 토막 났다.

달려들던 북검회 무인들이 기겁해서 뒤로 물러섰다. 하지만 그게 끝이 아니었다.

촤락!

한 바퀴의 커다란 원을 그린 철검의 채찍이 매듭이 풀리듯 떨어져 내린 순간, 초로인의 눈이 번뜩였다.

슈슈슈슈슈슈슛!

수십 자루의 철검이 강렬한 비검이 되어 사방팔방을 헤집기 시작한 것.

"크악!"

"컥!"

"으아악!"

비산하는 철검을 따라 또다시 엄청난 비명이 한꺼번에 터져 나왔다.

그럼에도 초로인은 멈추지 않았다.

몇 자루 남지 않은 철검을 재빠르게 바닥에 꽂아 넣은 채 그중 두 자루를 양손에 움켜쥐었다.

파캉!

그대로 서로를 향해 교차한 철검이 산산조각 나며 그 파편이 퍼져 나갔다.

퍼퍼퍼퍼퍼퍽!

여기저기 피 떡이 된 북검회 무인들이 쓰러졌다.

파캉! 파캉! 파캉!

철검은 계속해서 깨져 나갔고 그때마다 한 무리의 무인이 뭉텅뭉텅 쓰러지기를 반복했다.

"무엇하는가? 제자들을 모아 매화검진을 펼치지 않고!"

눈앞에 남은 철검이라고 해야 이제 고작 세 자루뿐이었다.

진무와 장로들이 그 뜻을 파악하고 움직이기 시작했다.

각기 상대하던 마두들은 도외시한 채 하나의 거대한 검진을 이루기 위해 움직인 것.

"그렇게는 안 될 것이야!"

그 순간 검성의 노성이 터져 나왔다.

경황없는 와중에도 시선이 검성에게 쏠렸고, 그 순간 검성의 비어 있는 손에서 믿기 힘든 일이 벌어졌다.

후우웅!

아무것도 없는 손에서 붉은색 빛이 어리더니 어느 순간 또렷한 검의 형상을 만들어냈다.

"의… 형… 검… 강(意形劍罡)!"

초로인의 입에서 걷잡을 수 없이 떨리는 음성이 흘러나

왔다.

일반 검강과는 또 다른 차원의 무공이었다.

무극에 무극을 넘어 심검(心劍)의 경지에 이르러야 얻을 수 있다는 전설상의 무공, 유구한 세월 그 경지에 이른 무인이 있었는지조차 확인할 수 없어 그저 전설이라고밖에 말할 수 없는 경지가 바로 의형검강이었다.

화산파 도사들 난생처음 보는 기경할 장면에 낯빛이 파리하게 변해갔다.

"흥! 그때 본좌는 그저 방심했을 뿐이니라."

누구에게 하는 말인지 알아들을 수 없는 말을 나직하게 읊조린 검성.

슈앙!

빛으로 이루어진 검강이 그대로 초로인을 향해 쏘아졌다.

초로인이 다급한 얼굴로 남은 철검을 휘둘렀지만 빛으로 이루어진 검은 그의 예상보다 훨씬 강하고 빨랐다.

창!

철검을 그대로 박살 낸 빛의 검은 초로인의 앞가슴을 그대로 관통했다.

초로인은 비명조차 내지르지 못하고 굳어진 몸으로 뒤로 쿵 넘어갔다.

"기 사형!"

대장로 손괴가 비명에 가까운 목소리를 토했으나, 다른 장로들에겐 그런 여유조차 없었다.

초로인을 꿰뚫은 빛의 검이 저절로 허공에서 방향을 틀었기 때문.

"……!"

의형검강을 비검이 아닌 이기어검으로 펼치고 있는 것이다.

슈앙―!

빛의 검이 만들어내는 파공음이 귀청을 찢을 듯이 들려왔고 진무와 장로들은 일제히 최대한 공력을 끌어 올렸다.

섬전이 되어 날아드는 검을 향해 화산파 도사들이 세운 검이 부딪히려 할 때였다.

쐐액!

느닷없는 파공음 한줄기가 또 다른 쪽에서 선명히 들려왔다.

검성이 눈을 부릅뜬 것도 그 순간이었다.

청록색 선연한 빛으로 휘감은 자그마한 무언가가 순식간에 날아와 의형검강과 부딪힌 것.

쾅!

두 개의 빛이 부딪히며 천지를 뒤흔드는 폭음이 사방으로 퍼져 나갔다.

공력이 약한 이들은 고막이 찢어질 것 같은 고통을 이기지 못하고 일제히 주저앉아야 할 정도였다.

폭음 뒤 검성의 의형검강은 사라졌지만, 청록빛에 휘감긴 물체는 힘을 잃고 허공으로 튕겨졌다 힘없이 떨어져 내렸다.

"……!"

"……!"

화산파 도사들의 얼굴에 너나 할 것 없는 의문이 가득 차오를 수밖에 없었다.

서서히 떨어지고 있는 자그마한 물건, 그것은 옥으로 만든 호리병이었다.

그리고 그 물건의 주인이 누군지 장로들 역시 똑똑히 알고 있었다.

"늙은 거지 놈! 감히……."

"클클, 네 녀석은 그 욕심 때문에 안 된다고 하지 않았느냐."

멀리 능선 쪽에서 시꺼먼 그림자 하나가 쉭 하고 날아들고 있었다.

중원삼성 중 또 다른 한 명 개방의 취성이었다.

너무나 예기치 못한 그의 등장에 모두가 당황할 수밖에 없는 그때 취성은 진무 옆에 뚝 하고 발걸음을 멈췄다.

"화산파와 개방은 맹우의 언약을 맺었느니라."

"……!"

"……!"

"화산의 태사조께서 이 늙은이에게 처음 한 부탁이니, 우리와 함께 어울려 보자꾸나."

취성이 앞니가 빠진 얼굴로 해죽 웃는 그 순간 검성의 얼굴
은 말도 못하게 일그러졌다.

타탁!

타타타타탁! 타타타타타탁!

멀리 언덕에서 들려오기 시작한 기괴한 소리들 때문이었
다.

그곳으로 죽장을 든 거지들이 새까맣게 몰려나오며 요란
하게 바닥을 두드리기 시작했다.

그 숫자만 놓고 보면 오히려 북검회의 무인들을 압도할 정
도였다.

상황을 전혀 이해치 못하는 진무는 그저 얼떨떨한 얼굴로
취성을 쳐다볼 수밖에 없었다.

순간 취성이 한쪽 눈을 찡끗했다.

"장문인, 걱정 마시게. 태사조께서 곧 오신다네."

"……!"

"그때는 다들 깜짝 놀라 눈이 뒤집혀질 걸세. 음해해해
해해……."

"늙은 거지! 진짜 끝을 보겠단 말이냐?"

검성의 노한 목소리 안에는 끈적끈적한 살기가 덕지덕지
묻어 있었다.

그러거나 말거나 취성은 주변의 마두들을 휙 둘러보더니 길게 혀를 찼다.

"클클클, 하여간 온갖 쓰레기를 죄다 모았구먼. 대체 뭔 짓을 하려고 하는 게냐?"

취성의 눈이 슬쩍 향할 때마다 소회림의 마두들은 움찔하는 기색을 감추지 못했다.

오랜 세월 전이지만 이미 취성의 무서움을 한 번씩은 겪어 본 이들이었기 때문이었다.

취성과 개방의 등장에 당황한 것은 북검회 무인들도 마찬가지였다.

전혀 예기치 못한 상황에 나타난 이들, 하물며 초로인의 무시무시한 철검에 백여 명이나 되는 동료의 목숨이 끊어진 직후였다.

화산파 도사들의 목줄을 모조리 끊어놓지 않고선 분이 풀리지 않을 그 상황에 느닷없는 방해꾼들이 등장한 것이니 당연히 취성이나 개방의 거지들을 향해서도 살심이 들끓을 수밖에 없었다.

하지만 취성이란 이름은 함부로 검을 빼 들 수 있는 상대가 아니었다.

위에서 새로운 명령이 떨어지길 기다리는 것이 당장 북검회 무인들이 할 수 있는 일의 전부였다.

"늙은 중놈이 죽었다던데, 나를 막을 수 있겠느냐?"

살기로 번들거리는 검성의 음성에 취성의 눈가가 살짝 일그러졌다.

하지만 취성은 이내 해죽 하고 앞니가 빠진 웃음을 내비쳤다.

"나야 별 힘이 없지. 하지만 화산파의 어린 태사조는 다르지 않을까?"

"……."

"아! 네놈이 더 잘 알지? 벌써 한 번 박살이 났으니까."

"이놈! 무슨 헛소리를 지껄……!"

"치매라도 온 게냐? 얼마나 지났다고 벌써 그걸 까먹었어?"

취성의 거침없는 응대에 검성은 당황한 기색을 감추지 못했다.

단지 입씨름에 밀려서가 아니었다.

화산파의 태사조란 말만 듣고도 절로 긴장감이 차오르고 등줄기로 식은땀이 흘러내렸다.

머릿속으론 별거 아니라고, 그저 방심했다고 애써 자위하지만 몸뚱이는 벌써 당시의 격돌을 똑똑히 기억하고 있는 것이다.

검성이 한 차례 부르르 온몸을 잘게 떨더니 더없이 짙은 살기를 피워 올리기 시작했다.

"흥! 누가 되었든 상관없다. 오늘 이 자리를 시작으로 본

회의 이름으로 천하무림을 발아래 둘 것이다."

"좀 곱게 늙어라, 이 욕심 많은 늙은 놈아! 검성이란 이름이
부끄럽지도 않느냐, 이 우라질 놈아!"

취성이 불쌍하고 딱하다는 표정으로 목소리를 높였지만
검성의 눈은 이미 차갑게 식어 있었다.

"죄다 없애라. 본 회의 뜻에 반발하는 자는 모조리 무림의
공적이다."

"미친!"

취성이 기가 차다는 듯 검성을 노려봤지만 상황을 되돌리
기엔 늦어버렸다.

검성의 명령이 떨어지자마자 북검회 무인들이 득달같이
달려들기 시작한 것.

소회림 마두들 역시 자모고의 금제 아래 놓여 있으니 감히
반발하지 못하고 그 명령을 따라 움직였다.

취성의 얼굴 역시 잔뜩 굳어질 수밖에 없었다.

"맞서지 말고 버티는 데 주력하시게."

그사이 한데 모인 진무와 장로들은 초로인의 상처를 살피
는 데 여념이 없었다.

하늘이 도왔는지 관통한 검은 심장과 장기들을 비껴갔다.
그렇다고 해도 엄청나게 많은 피를 흘렸다. 당장 숨이 끊어진
다고 해도 전혀 이상할 것이 없을 만큼 중한 상처였다.

그런데도 초로인은 아직 미약하게나마 숨이 붙어 있었다.

그렇게 모여 있는 장로들을 제자들이 겹겹이 에워쌌다.

커다란 원진을 형성한 채 어떻게 해서라도 달려드는 북검회 무인들을 막아서겠다는 의지로 전의를 불태우고 있는 것.

다행스럽게도 개방의 방도들이 원군으로 도착해 절반이 훨씬 넘는 적들이 그쪽으로 분산된 상황이었다.

그래도 서너 배는 많은 숫자가 살기를 가득 피운 채 달려들고 있으니 위급한 상황이 이어지는 것은 마찬가지였다.

차창! 차차차차차창!

수십 개의 검이 맹렬하게 부딪히는 소리가 여기저기서 터져 나왔다.

진무를 제외한 장로들도 모두 일어서 검진 사이사이 자리를 잡았다.

"두려워 말고 적들을 상대하라."

대장로 손괴의 우렁찬 목소리가 더해지자 제자들도 힘을 내기 시작했다.

이대와 삼대의 어린 제자들이 비세를 보이면 일대제자들이 나서 그들을 도왔고, 여기저기 위급함이 보일 때면 장로들이 득달같이 나타나 북검회 무인들을 물러서게 만들었다.

몇 배나 많은 숫자가 쉼 없이 부딪혀 왔지만 화산파 도사들이 만들어낸 검진은 흔들리지 않고 그들을 막아냈다.

"흘흘흘흘, 선후가 따로 없고 위와 아래가 하나이니. 화산은 화산이로구나."

취성은 크게 탄복한 얼굴을 감추지 못하고 고개를 끄덕거렸다.

소문이야 무성했지만 실제로 보니 느낌이 또 달랐다.

전설적인 검신의 존재는 빼고라도 검신의 제자나 선광우사 장진무, 매화팔선의 장로들을 제외하고도 화산파가 이렇게나 강할 줄은 정말로 몰랐던 것이다.

"흘흘, 이 늙은이도 왔으니 뭐라도 해야지. 암, 암."

나직한 웃음을 흘린 취성이 도사들로 둘러싸인 커다란 원진 위를 그대로 타 넘었다.

순간 취성의 모습이 수십 개로 불어나는 듯한 착각이 일었다.

잔영인지 실제인지 모를 취성의 분신들.

그들이 향한 곳은 어정쩡한 태도로 달려들 듯 말 듯 자세를 취하고 있는 소회림 마두들 쪽이었다.

"헉!"

"힉!"

수십 개나 되는 취성의 모습이 마두들의 코앞에 나타난 것도 그 순간이었다.

퍼퍼퍼퍼퍼퍽!

마두들이 경악한 얼굴을 하며 비명을 질렀을 때 이미 여기저기서 강렬한 격타음이 터져 나왔다.

극성에 달한 취리건곤보에 이은 근신공박의 박투술이 순

식간에 마두들 입에 게거품을 물게 만들었다.

스스스스스슷!

분신처럼 흩어졌던 취성의 잔영이 한데 모이고, 그때서야
세 차례 굉음이 마두들 사이어서 터져 나왔다.

캉! 쾅! 콰쾅!

바닥에 쓰러지지 않은 마두는 청마수 갈곤과 요희 소부용,
사령신 장패뿐이었다.

하지만 그들 또한 완전히 질려 버린 얼굴이었다.

수십 년 세월을 뛰어넘어 다시 겪게 된 취성의 무공이 과거
에 비할 바 없이 고절해졌다는 것을 온몸으로 느끼고 안색이
돌변했다.

그들이 무림에서 활동할 당시만 해도 개방의 소방주였던
취성과 소림의 대나한 신분이었던 불성은 취불쌍웅(醉佛雙雄)
으로 불리며 악인들에겐 사신과 동격인 존재였다.

검성 엽무백은 그 둘에 비하자면 한참이나 부족했다.

이제 이빨 빠진 늙은 거지로 변했다고 우습게 여길 수밖에
없는 모습이었는데 직접 상대해 보고 나니 기겁할 수밖에 없
었다.

"늙은 거지는 신경 쓸 것 없다. 네놈들은 화산파나 맡아
라."

검성의 신형이 쭉 늘어나더니 취성 앞에 불쑥 치솟아올랐
다.

"……!"

당황한 얼굴로 고개를 갸웃한 것은 오히려 취성이었다.

방금 전 펼친 검성의 신법도 놀라웠지만 그보다 직접 그가 나섰다는 사실이 너무나 의외였기 때문이다.

늘 뒷전에 물러나 음모나 꾸미길 좋아하는 이가 검성이었다.

또한 절대로 질 것 같은 싸움에 나서지 않는 그 성정을 너무나 잘 알았다.

북검회란 걸 만들어놓고도 수십 년 동안 정작 용천장이나 남도련, 하다못해 천래궁과도 제대로 시비 한 번 붙지 않았던 것도 다 검성 엽무백의 그러한 성정 때문이었다.

그런데 지금 자신 앞을 떡하니 막고 선 것.

물론 그의 무공이 자신보다 아래가 아니란 것 정도는 잘 알았다.

그렇다고는 해도 엽무백은 이길 수 없으면, 아니, 질 것 같은 가능성이 코딱지만큼만 있어도 절대 싸우지 않는 자였다.

의문 가득하던 취성의 얼굴에 다시 헤벌쭉 웃음이 걸렸다.

"흘흘흘! 그만큼 똥줄이 탄 것이냐?"

"더러운 거지 놈, 주둥이에 문 걸레는 여전하구나."

"뒷방에서 구린내나 풍기는 네놈보다야 내가 낫지. 그래, 수십 년 동안 간만 보더니 이제야 싸워볼 마음이 든 게냐?"

"흥! 네놈 따위는 내 상대가 아니다."

"호오? 그래? 일단 붙어……. 으응?"

검성을 마주하고 있던 취성의 얼굴이 와락 일그러지며 재빠르게 하늘 쪽을 향했다.

휘오오오오!

새하얀 구름들이 하늘 가운데로 몰려들기 시작하며 거대한 회오리 모양으로 돌기 시작했다.

점점 한 점으로 모여들기 시작한 구름들이 태풍의 눈처럼 어지러운 문양을 그려내는 그때.

그 중심에서 믿지 못할 일이 벌어졌다.

취성은 물론 피 튀기는 살기로 가득하던 난전마저 일제히 멈출 수밖에 없는 기경할 광경이 펼쳐졌다.

어마어마한 크기의 학 한 마리가 등에 수십 명의 사람을 태우고 그곳에 나타난 것이다.

"조… 의… 선문?"

취성의 입에서 부들부들 떨리는 음성이 흘러나오자 검성의 입가에 서린 비릿한 미소가 더욱 짙어졌다.

"그게 다가 아니지."

선학이 거대한 날개를 펄럭이며 허공을 우아한 자태로 선회하는 동안 또 다른 무언가가 구름을 뚫고 나타났다.

선학만큼이나 엄청난 크기를 가진 까마귀였다.

새하얗게 빛나는 눈과 세 개의 다리를 가진 까마귀였다.

그 등 뒤에도 무수한 이들이 올라탄 채 지상을 오연한 눈으로 내려다보고 있었다.

"기북의 삼족오?"

취성의 나직한 목소리를 내뱉으며 엽무백을 죽일 듯이 노려봤다.

"진짜 노망이 난 게냐? 동성국을 끌어들이다니?"

온갖 신비로운 이술과 기괴한 능력을 지닌 이들이 바로 동성국의 선인이었다.

취성이 부들부들 떨리는 얼굴과 눈빛으로 엽무백을 노려봤지만 그는 태연한 표정으로 대꾸했다.

"내가 못 가질 바에야 훼방이라도 놔야지 않겠느냐?"

"이놈!"

취성의 노기가 폭발할 것처럼 치미는 그때 전과는 또 다른 굉음이 하늘 가운데서 터져 나왔다.

쿠오오오오!

하늘 가운데 박힌 회오리가 더욱 거세게 요동치더니 구름을 뚫고 거대한 용이 모습을 드러낸 것이다.

온몸이 검은색 철갑으로 둘러싸인 듯한 거대한 흑룡이 구름을 꿰뚫으며 나타났다.

기다랗게 이어진 몸통 위에는 깃털 달린 모자와 커다란 장궁을 든 이들이 한가득이었다.

선학이나 까마귀의 등장도 두렵기는 매한가지였지만 거대한 흑룡의 등장은 쳐다보는 것만으로도 두려움으로 온몸을 떨게 만들 위용이 가득했다.

흑룡의 몸통이 절반쯤 구름을 뚫고 나오는 사이 지상에 대치 중인 모두는 온몸을 잔뜩 움츠린 채 이 기경할 사태를 지켜보고 서 있을 수밖에 없었다.

그때였다.

후우웅! 후웅! 휙! 휙!

하늘을 울리는 거센 파공음이 또 다른 하늘 쪽에서 터져 나왔다.

거대한 도끼 하나가 점점 빠르고 강렬하게 회전하며 날아들기 시작한 것이다.

거대한 도끼는 구름 사이를 뚫고 나오는 흑룡의 몸통을 그대로 갈라 버렸다.

펑!

도끼에 잘려 버린 흑룡이 순식간에 흔적도 없이 사라지더니 수천 장의 샛노란 부적이 눈처럼 여기저기 나부꼈다.

"으억!"

"으악!"

"억!"

흑룡에 타고 있던 이들이 꼴사납게 지상으로 추락하며 정신없는 비명을 내질렀다.

선학을 타고 있던 이들과 까마귀를 타고 있던 이들 역시 당황함을 감추지 못하고 있을 때.

쌩! 슝!

퍼펑!

거대한 도끼가 선학과 까마귀를 삽시간에 갈라 버렸다.

그들 역시 이전과 똑같은 꼴로 땅바닥으로 떨어져 내렸다.

입이 쩍 벌어진 검성.

반면 마주 선 취성의 입가에 헤죽 웃음이 걸렸다.

"이놈아, 놀라려면 아직 멀었다!"

취성의 묘한 음성에 검성은 부릅뜬 눈으로 사방팔방을 살피는 데 정신이 없었다.

거대한 도끼.

그게 염호의 무기라는 것을 잘 아는 탓이었다.

그렇게 염호를 찾기 위해 정신없이 눈을 돌리던 검성이 어느 순간 돌덩이처럼 굳어져 버렸다.

"저게… 대체… 어떻게……."

서안의 관도 쪽으로 번쩍번쩍 빛나는 행렬이 모습을 끝도 없이 길게 이어지기 시작했다.

온몸에 금빛 갑주를 입은 무장들.

그리고 그 맨 앞에 화산파 도사복을 입은 이가 있었다.

그 도사가 있는 힘껏 공력을 담아 소리쳤다.

"이 땅의 주인이자 만백성의 어버이신 황제 폐하의 행차시다. 모두 오체복지하여 예를 갖추라."

척! 척! 척! 척! 척!

수백의 어림군과 수천 병사의 호위를 받으며 열여섯 필의 백마가 끄는 화려한 마차 한 대가 관도를 따라 천천히 이동하기 시작했다.

"이 나라를 구해준 화산파가 위기에 처했으니, 어찌 짐이 자금성에 틀어박혀 있겠느냐."

"끙~ 황상. 그래도 친정을 나오실 것까지는……."

"아냐, 아냐. 은혜를 받았으면 갚는 게 도리지. 그나저나 북검회란 것들은 짐이 도와달라 했는데 코빼기도 비치지 않았다고?"

"네잇!"

"이것들이 감힛!"

          *   *   *

"모두 오체복지하여 예를 갖춰라."

공력을 가득 담은 음성이 메아리쳐 오자 북검회 소속 무인들은 하나둘 힘없이 검을 떨궜다.

망연자실, 넋이 빠진 얼굴로 그 자리에서 털썩 무릎을 꿇기 시작하는 북검회의 무인들.

반면 화산파 문도들의 반응은 그들과는 전혀 다를 수밖에 없었다.

"으잉? 막내가?"

"신 사숙님?"

"신 장로님께서 오셨다."

"우와아!"

장로들은 장로들대로, 일대제자나 어린제자들은 또 그들 나름 기쁨과 흥분을 감추지 못하고 목소리를 높였다.

놀라고 당황한 것은 북검회 무인들과 크게 다르지 않았지만 그 분위기는 완전히 달랐다.

침정궁 장로 신응담이 마교 토벌을 위해 보국공의 위를 받았다는 것은 잘 알고 있었지만, 수천의 금군에다 황제를 직접 수행하여 이곳에 올 것이라고 누가 예상이나 했겠는가.

입이 쩍 벌어진 얼굴로 황군의 행렬을 지켜보던 장문인 진무가 퍼뜩 정신을 차리고 목소리를 높였다.

"화산의 문도들은 모두 황상께 예를 갖추라."

당황하고 놀라고 기쁜 와중에 들려온 진무의 굳건하고 힘 있는 목소리에 젊고 어린 제자들이 일제히 자세를 바로잡았다.

흐트러진 옷매무새를 단정히 하고 검을 납검한 제자들이 점점 가까워지는 황군의 행렬을 향해 일제히 무릎을 꿇고 앉았다.

화산을 돕던 개방의 거지들 역시 일제히 죽장을 내려놓고 바닥에 엎드렸으며, 구름떼처럼 몰려 싸움 구경에 바빴던 서안 백성들 또한 납작 엎드려 감히 고개를 들지 못했다.

황제와 황군의 등장으로 여기저기 사람들은 고목이 쓰러지듯 일제히 몸을 낮출 수밖에 없었다.

상황이 그리 돌아가자 아직 멀뚱히 서 있는 이들의 모습이 유독 도드라져 보이는 것이 당연했다.

느닷없이 날아든 도끼질에 꼴사납게 추락했다 간신히 몸을 일으킨 동성국 이인들이 당황한 얼굴로 검성을 쳐다봤다.

멀고 먼 이국에서 신술을 부려 이곳에 도착했다지만 그들 또한 대명의 황제와 황군을 향해서는 감히 싸워볼 엄두를 낼 수가 없었다.

그렇다고 이역만리 땅까지 날아와 아무것도 해보지 못하고 투항할 수도 없는 상황.

그런 처지는 소회림 마두들 역시 크게 다르지 않았다.

과거에도 그랬지만 그들에게 조정이나 황실에 대한 존경심 같은 것이 있을 리가 없었다.

자모고의 금제만 없다면 당장이라도 몸을 내빼야 정상일 것이다.

물론 그랬다간 언제 머리가 터져 죽을지 모르니 마두들 역시 어찌할 바를 몰라 검성의 얼굴만 쳐다볼 뿐이었다.

하지만 정작 검성 엽무백의 표정이 제일 가관이었다.

완전히 넋이 나간 엽무백.

그 앞에 해죽 웃고 있는 취성이 있었다.

"흘흘흘, 많이 놀랐냐?"

바닥에 슬쩍 엎드린 취성이 앞니가 빠진 이를 활짝 내보이며 검성을 바라봤다.

그럼에도 엽무백은 온몸을 부들부들 떨기만 했다.

점점 가까워지는 황군을 마냥 넋이 빠진 눈으로 쳐다볼 뿐.

"회주! 어서 무릎을!"

"황군에 맞서면 반역입니다. 구족이 참수당합니다."

벌써 바닥에 납작 엎드린 부회주 조문신과 군사 좌문공의 음성이 검성에 귓가로 전해졌다.

여전히 얼이 빠진 얼굴의 검성, 그 입술을 비집고 맛이 살짝 간 듯한 웃음이 흘러나왔다.

"허허… 허허허… 한평생 오직 강호의 평화와 안녕을 위해 살았건만……."

나직하게 흘러나오는 음성에 취성이 곁눈질을 하더니 고개를 절레절레 저었다.

"흘흘, 아직도 정신을 못 차리고! 카악~! 퉤. 드러운 놈."

"……."

취성이 바닥에 걸쭉한 침을 뱉고는 검성을 외면해 버렸다.

그럼에도 엽무백은 여전히 멍한 눈으로 점점 더 가까워지는 황군의 행렬을 지켜보고 서 있을 뿐이었다.

그 순간 벼락같은 목소리가 이어졌다.

"대명의 하늘이신 황제 폐하의 행차시다. 무릎을 꿇고 엎드려 예를 취하라."

황군의 선두에선 신응담이 부리부리한 눈으로 검성을 노려봤다.

꿈틀 눈썹이 씰룩이는 검성.

"감히… 화산파 따위가……."

짐승의 울음처럼 나직하게 입안을 맴도는 음성과 더불어 걷잡을 수 없는 살기가 그의 전신에서 피어오르기 시작했다.

"회주!"

"안 됩니다. 모두가 끝장날 수도 있습니다."

조문신과 좌문공이 가장 먼저 검성이 뿜어내는 살기에 화들짝 반응했다.

황제에게 덤빈다는 것은 의심하고 말고 할 것도 없는 반역이며 역모였다.

대명률에 적힌 그 무엇보다 가장 큰 죄, 이에 연루된 자들은 무려 구족이 참수를 당하는 엄청난 형벌에 처해지는 것이다.

죄를 지은 이의 부모와 자식, 그들과 혼약을 맺은 가문과 그들의 부모와 자식, 또 다시 그들과 혼약을 맺은 가문의 삼대까지 죄다 한꺼번에 목이 잘리는 것이 구족참수형이니 역모가 일면 그 한 번으로 적게는 수천, 많게는 수만의 목이 잘려 나가는 것이다.

그뿐 아니라 죽은 조상의 시신까지 끄집어내 부관참시의 가혹한 형을 내리는 것이 바로 역모죄였다.

그런데 지금 검성이 황군을 향해 지독한 살기를 쏘아 보내고 있는 것이다.

그 혼자라면 몰라도 북검회 전체가 자칫 역모죄에 얽힐 수도 있는 일. 그리된다면 북검회 소속 문파들은 그 순간 모조리 끝장나는 것이나 다름없었다.

아니라면 백만 황군과 싸워 황위라도 찬탈하든가.

물론 그렇게 되면 빼도 박도 못하는 진짜 역모가 되는 것이고.

상황이 그러니 조문신이나 좌문공이 화들짝 놀라 검성을 말리려 하는 것이다.

하지만 지금 검성 엽무백에게 다른 이들의 사정 따윈 전혀 눈에 들어오지 않았다.

그는 남 걱정 따위를 하는 이가 아니었다.

더구나 그는 멸문될 가문도 없고 목이 달아날 피붙이도 전혀 없는 혈혈단신이었다.

이대로 얌전히 평생 동안 온갖 공을 들여 이룬 것을 얌전히 내놓을 인물이 절대 아닌 것이다.

"죽여라. 모조리 죽여!"

잇새로 흘러나오는 살기 가득한 그 음성에 놀라 눈을 부릅뜬 이가 한둘이 아니었다.

특히 자모고의 금제를 받고 있는 소회림 마두들은 그때서야 모든 것을 포기한 얼굴이었다.

"크케케케케! 미친 놈! 아무리 그래도 황제한테 대들라니."

"호호홋! 본녀는 차라리 포기하겠다. 시체라도 온전하고 싶으니까."

갈곤과 소부용이 싸울 뜻을 버리고 바닥에 주저앉자 다른 마두들 역시 하나둘 자포자기한 얼굴로 하나씩 주저앉아 눈을 찔끔 감아버렸다.

사령신 장패만이 무슨 생각을 하는 것인지 전혀 알 수 없는 돌덩이 같은 얼굴로 검성을 쳐다볼 뿐이다.

"이놈들! 당장 나가 싸우라니까!"

검성 엽무백의 분노한 목소리가 더욱 크게 울렸고, 그 순간 동성국 이인들 쪽에서 나직한 음성이 들려왔다.

"아무래도 우리가 낄 자리가 아닌 것 같소이다. 이만 돌아가겠소."

동성국 이인들을 이끌고 나타난 백학검선이었다.

그는 재빠르게 품에서 싯누런 부적 수십 장을 꺼내 허공에 흩뿌렸다.

퍼펑! 퍼퍼펑!

부적이 폭죽처럼 허공에서 연달아 터지며 엄청나게 커다랗고 시꺼먼 거북이 한 마리가 연기 속에서 불쑥 모습을 드러냈다.

다가서던 황군이 놀라 일제히 병장기를 세우며 흠칫한 그때.

동성국 이인들은 재빠르게 거북의 등에 올라탔다.

나타날 때의 그 신비로움과 달리 거북 등에 매달려 정신없이 도망치는 동성국 이인들.

하지만 그마저도 뜻대로 되지 않았다.

파직!

느닷없이 새까맣고 작은 벼락 하나가 날아들더니 치솟아 오른 거북의 머리통을 그대로 박살 냈기 때문이었다.

퍼퍼퍼펑!

다시 한 번 바닥으로 떨어져 내리는 동성국의 이인들, 특히나 그들을 이끌고 온 백학검선의 신선 같은 얼굴은 똥을 씹어 먹기라도 한 것처럼 변해 버렸다.

아까 전 공격해 온 것은 엄청나게 큰 도끼였고, 이번에 시커먼 벼락처럼 날아든 것은 손바닥 크기나 될까 말까한 자그마한 손도끼였다.

도끼질 두 번에 신수(神獸)의 영능으로 부리는 네 마리 소환수가 모조리 아작 나버린 것.

지상으로 떨어져 내리는 와중에 몸을 허공에서 뒤집은 백학검선이 멀찌감치 되돌아가는 손도끼를 따라 눈을 부릅떴다.

손도끼는 백성들이 잔뜩 몰려 엎드린 언덕 쪽으로 날아

갔다.

척!

무릎 꿇고 엎드린 이들 사이에서 손 하나가 불쑥 튀어나와 도끼를 빠르게 낚아챘다.

"……!"

백학검선의 눈이 그대로 튀어나올 것처럼 커졌다.

도끼를 낚아챈 이와 두 눈이 마주쳤기 때문이었다.

이제 막 얼굴에 솜털이 사라질 나이의 소년이었다.

사람들 틈에 몸을 감춘 소년이 백학검선에게 들으라는 듯 나직하게 읊조렸다.

[어딜 마음대로 갈라고?]

"……!"

[딱 기다려라. 하나씩하나씩 천천히 다들 손봐줄 거니까.]

소년의 바로 옆에서 속삭이는 것 같은 목소리.

백학검선은 중풍이라도 맞은 것처럼 온몸을 부들부들 떨 수밖에 없었다.

그 무렵이었다.

다시 한 번 신웅담의 우렁우렁한 목소리가 터져 나왔다.

"감히 네놈들이 지금 반역을 꾀하겠단 뜻이렸다?"

신웅담은 검성의 살기에 전혀 주눅 들지 않고 오히려 더욱 목소리를 높였다.

당연한 듯 검성의 전신에서 뿜어지는 살기는 더욱 거세질 수밖에 없었다.

"화산파 따위가 감힛!"

검성의 분노로 점철된 음성. 그때였다.

"우린 아니오."

"그렇습니다. 우린 절대 아닙니다."

조문신과 좌문공이 냅다 허리를 세우더니 무르팍이 깨져라 자리를 옮기기 시작했다.

감히 일어설 엄두를 내지 못하고 무릎걸음으로 정신없이 검성과 떨어지려 했다.

부회주와 군사가 그렇게 나오자 북검회 무인들은 기다렸다는 듯 움직이기 시작했다.

천 명에 달하는 북검회 무인 역시 기겁한 얼굴로 바닥을 기다시피 하여 검성 쪽에서 미친 듯이 멀어지려 했다.

참으로 처절한 몸부림이었다.

북검회든 검성이든 이대로 가만히 있다간 구족이 참수를 당할 판에 앞뒤 따지고 가릴 처지가 누가 있겠는가.

벌레처럼 수백 명의 무인이 바닥을 기어 필사적으로 검성에게서 멀어져 갔다.

정문 앞에 덩그러니 홀로 남아 그 광경을 지켜보는 검성의 얼굴이 평온할 수는 없는 일이었다.

그때서야 허망한 눈빛이 되어가는 얼굴이었다.

비로소 모든 것이 끝났다는 생각을 지우지 못하는 모습.

자연스럽게 갈라져 버린 길을 따라 황군이 걸어 들어왔다.

그 선두에 선 신웅담이 일말의 망설임도 없이 검성을 향해 다가와 몸을 세웠다.

"꿇어라!"

"……."

"거역한다면 이 자리에서 목을 칠 것이다."

털썩! 털썩!

힘없이 꺾이는 검성의 두 다리.

북검회와 검성, 그 두 개의 이름이 종말을 맞이하는 순간이었다.

第十一章

온 세상을 떠들썩하게 만들었던 화산파 도사들의 외유가
모두 끝이 났다.

　화음현으로 돌아온 도사들의 기다란 행렬을 맞은 것은 너
나없이 몰려나온 환영의 인파였다.

　"와! 저기 온다."

　"화산파가 온다."

　"화산파 만세! 화산파 만세!"

　화음현 안팎으로 가득한 주민들은 물론, 화산으로 이어지
는 산길 앞에는 전국 도처에서 소식을 듣고 득달같이 다시 모
여든 속가문파들로 가득했다.

그 가운데는 익숙한 얼굴도 많았다.

설매산장의 장주 사자검 은목서와 늘 티격태격 다투기만 하던 쌍둥이 형제 은호열 은호청 형제도 사이좋게 서 있는 것이 보였고, 연화팔문의 문주 양산매와 그 대제자인 백소령 역시 여자 도사들 속에서 홍분을 감추지 못한 얼굴로 서 있었다.

또 화산으로 오르는 산로 바로 앞 대리석 계단에는 보화전장의 장주 금패 화중악이 만면에 웃음을 가득 지은 채 자리하고 있었다.

그는 딱 봐도 예물로 보이는 짐들을 몇 수레나 잔뜩 쌓아놓고 화산파 도사들의 귀환을 애타게 기다리는 모습이었다.

그 화중악 옆으로 이번 마교 토벌에서 큰 공을 세운 흑회의 인물들이 자리했다.

항주에서 올라온 일심무관의 홍괴불과 그의 아들인 홍화순, 그리고 사망림의 육조까지 모두들 애가 바짝바짝 타는 얼굴이었다.

염호를 그렇게 횡하니 보내놓고 항주에 머물고만 있을 수는 없는 일, 세 사람 역시 부리나케 다시 화산으로 올라와 태사조 염호의 귀환을 기다리는 것이다.

그중에서도 사망림주 육조는 누구보다도 복잡한 심경일 수밖에 없었다.

'그래, 도망치면 또 어디로 갈 거냐? 차라리 바짝 옆에 붙

어 있자.'

육조는 모든 것을 내려놓고 초탈한 얼굴이었다.

신응담과 더불어 이 땅에서 유일하게 염호가 반로환동했다는 사실을 알고 있는 이가 바로 육조였다.

다른 이들이야 떨지 몰라도 이번 마교 토벌이나 북검회의 완벽한 몰락을 완전히 마음속으로 납득하고 당연하다고 받아들이고 있는 이였다.

남도련을 뿌리 뽑는 과정을 바로 옆에서 지켜봤으니 육조에겐 그런 반응이 당연한 것이다.

온 세상을 뒤흔들고 있는 화산파 도사들의 행보나 소검신(小劍神) 염호의 이름이 그에겐 전혀 특이할 것도 없었다.

'뭐, 소검신이 아니라 원래부터 그냥 검신이니까. 아직도 정체를 감추고 싶어 하는데 까발렸다 무슨 꼴을 당할라고……'

속으로 그리 투덜거리면서도 육조는 입가에 은근한 미소가 지었다.

세상 누구도 모른다고 여기는 엄청난 비밀 하나를 알고 있다는 즐거움 때문이었다.

그럴 즈음 속가 문도들 사이로 걷잡을 수 없는 웅성거림이 이어졌다.

"오오! 선광우사!."

"매화팔선!"

"매화검수들도 보인다!"

보무도 당당하게 화음현에 몰린 환영 인파를 지나쳐 오는 화산파의 도사들.

선두에 선 채 새하얀 능라의를 입고 한껏 고아한 표정을 짓고 있는 진무의 모습이 가장 먼저 보였다.

대평원에 잔뜩 몰려 있던 속가의 문인들이 일제히 입을 모아 진무를 맞이했다.

"삼가 장문진인을 뵈옵니다."

과거 태사조 염호가 허공답보를 펼치며 나타났을 때만큼이나 엄청난 목소리가 대평원을 쩌렁쩌렁 울렸다.

"무량수불! 다들 공사가 다망하실 텐데 뭐 하러 이렇게들 모이셨는가?"

진무가 겸양을 떨며 속가의 예를 받았다.

말은 그렇게 하면서도 얼굴은 입가가 씰룩씰룩거리는 어딘지 경박한 웃음을 참지 못하는 표정이었다.

"흠흠! 제자들아. 조심스럽게 본산으로 올리거라."

진무가 모여든 속가문인 모두가 똑똑히 알아들을 수 있는 목소리를 내뱉자 이어지던 도사들 쪽에서 일대제자들이 걸어 나왔다.

송자건을 위시한 일대제자 여섯이 엄청나게 커다란 현판 하나를 신주단지 모시듯 조심스럽게 들고 나왔다.

황금을 녹여 먹물을 대신한 금빛 서체가 아로새겨진 거대한 현판이었다.

내리쬐는 볕을 받아 대평원에 자리한 누구라도 번쩍번쩍 빛나는 그 필체를 알아보지 못하는 이가 없었다.

충렬지문(忠烈之門) 무림일파(武林一派)

"오옷! 저것이 황제 폐하께서 친필로 하사하셨다는?"

"소문이 사실이다!"

"진짜다, 진짜!"

"이런 광영이 있나?"

속가제자들의 격정과 술렁임은 멈출 기미가 보이지 않았다.

그들 또한 서안에 친정을 나온 황제가 만백성 앞에서 내뱉었다는 이야기에 대해 들어봤던 것이다.

하지만 소문이란 것이 왕왕 과장되게 마련이고 그 내용이 도저히 믿기지 않는 것이라 그저 누군가의 허풍일 것이라 지레짐작했다.

하지만 이제 찬란한 금빛으로 번뜩이는 현판을 보니 그 소문이 사실이었다는 것을 깨달을 수 있었다.

'오늘 이 자리에서 짐이 공언컨대 화산파에 대적하는 자는 짐을 능멸하는 것으로 간주할 것이다.'

'화산파만이 오직 짐과 황실을 향해 충정을 지킨 유일한 무림 문파이기 때문이다.'

일대제자들이 살얼음이라도 든 듯 너무나 조심스럽게 들고 있는 현판에 쓰인 여덟 자의 글귀는 사람들의 입과 입을 통해 전해지는 황제의 천명이 틀림없는 사실이라는 것을 증명하는 물건이었다.

이를 대하는 속가제자들이 격정에 몸을 떠는 것은 너무나 당연한 반응이었다.

유구한 강호의 역사 속에 황실과 조정으로부터 무림문파가 이러한 광영을 누린 예는 오직 단 한 번뿐이었다.

그것도 벌써 수백 년 전의 일, 벌써 패망하여 사라진 당나라 시절의 이야기였다.

당시 황제 현종이 반역도당으로부터 목숨이 경각에 처했을 때 소림의 승려들이 홀연히 나타나 현종을 구한 일이 있었다.

소림사가 무림의 태산북두라 불리게 된 시발점이 바로 당시의 일 때문이었다.

그 후 황제 현종이 친필로 소림사에 하사한 족자에 '태산북두'란 네 글자가 적혀 있었던 것. 그 후로 세월이 흘러 몇 차례 황조가 뒤바뀌었지만 당시의 그 일은 아직도 소림의 이름이 태산처럼 우뚝 자리하는 데 지대한 영향을 미치고 있는 것이다.

과거의 무림사가 그렇듯 이제 지금 눈앞에서 당금의 황제가 친필로 하사한 으리으리한 여덟 글자의 현판을 지켜보는 이들의 심정이 어떠하겠는가.

쳐다보는 것만으로도 격정을 참지 못하는 속가제자들의 반응은 너무나 당연했다.

그런 반응을 지켜보는 진무의 볼이 씰룩거렸다.

입에 웃음이 나오려는 것을 애써 힘겹게 억눌러 참고 있는 것이다.

"쯧―! 그러고 싶냐?"

순간 뒤쪽에서 들려온 혀 차는 소리에 진무가 바짝 긴장한 얼굴로 허리를 숙였다.

평원 가득 잔뜩 달아올랐던 속가제자들은 진무의 그런 태도만 보고도 단박에 누가 나타났는지 알 수 있었다.

화산 장문인의 허리를 넙죽 숙이게 만들 수 있는 이가 누가 있겠는가.

"삼가―! 태사조 님을 뵈……"

미리 약속이라도 한 듯 일제히 목소리를 높이며 무릎을 꿇으려는 속가제자들.

"그만!"

"……!"

나직한 염호의 목소리였지만 평원 구석구석으로 이어져

속가의 문도들을 일제히 멈칫거리게 만들었다.

염호가 휘적휘적 걸어 나와 진무 옆을 지나치며 다시 한 번 혀를 찼다.

"대충대충 하고 얼른 올라와라."

염호는 뭔가 심통이 났는지 그도 아니면 다른 고민에 빠졌는지 잔뜩 모여 있는 속가문인들을 본척만척 지나쳐 버렸다.

가장 큰 환대를 받고 가장 큰 존경의 눈초리를 받아야 할 염호가 그렇게 나오자 잔뜩 달아올랐던 분위기가 삽시간에 식어버릴 수밖에 없었다.

하지만 화산과 본산의 도사들은 그런 염호의 태도가 익숙한 듯 조심스럽게 그 뒤를 따를 뿐이었다.

영문을 알지 못해 서로의 얼굴을 쳐다보며 당황한 표정을 감추지 못하는 속가의 제자들.

하지만 그들의 역시 머지않아 그 이유를 금방 알 수 있었다.

어린 제자 몇이 염호를 바짝 뒤따르는데, 그들 손에 들것이 들려 있었다.

두 개의 들것에는 각기 다리 하나를 잃은 젊은 도사와 정신을 잃은 초로인이 누워 있었다.

반운산과 기 사형이었다.

그 둘의 모습을 확인한 속가문인들 역시 숙연한 표정을 짓자 화산과 본산의 도사들 역시 잠시 들떠 있던 기분을 착 가라앉히고 하나둘 염호의 뒤를 따르기 시작했다.

특이한 것은 그들 행렬 가운데 외인 셋이 끼어 있다는 것이었다.

또한 그 외인 중 한 명은 속가제자들에게도 너무나 익숙할 수밖에 없는 얼굴이었다.

용천장의 장주 규중화 연산홍이 있었다.

그녀 옆에는 보는 것만으로도 눈살이 찌푸려지는 늙은 거지가 동행 중이었는데 그가 취성이라는 사실을 아는 이는 오직 본산의 도사들뿐이었다.

"흘흘! 그나저나 왜 우리까지 여기에 불렀을꼬?"

"글쎄요. 염 공자님의 뜻이니 분명 생각이 있을 것입니다."

취성과 연산홍의 나직한 대화가 이어지는 그때 앞서 걷던 염호가 갑자기 걸음을 뚝 멈추더니 고개를 획 돌렸다.

"어이, 거기!"

염호가 느닷없이 손가락질한 곳에서 화들짝 반응하는 이가 둘 있었다.

흑회의 우두머리 홍괴불과 사망림의 육조였다.

"너네 둘하고, 거기 보화전장의 장주도 따라 올라와."

염호가 대답도 듣지 않고 다시 발걸음을 옮기기 시작했다.

산로 위로 이어지는 계단을 휘적휘적 걸어 올라가는 염호.

보화전장의 화중악이야 뭔가 자신만 선택받았다는 생각에 화색을 감추지 못했지만 홍괴불과 육조는 본능적으로 뭔가 좋지 못한 일에 엮이기 시작했음을 직감했다.

그럼에도 누구 하나 염호에게 이유를 물을 수는 없었다.

혼자만의 깊은 고민에 빠진 듯한 그 분위기에 압도당했기 때문이었다.

축제와 같은 환영 인파를 뒤로하고 화산파 도사들은 화산파 산문으로 이어지는 대리석 계단을 조용한 걸음으로 오르기 시작했다.

그 무거운 분위기를 주도하는 것은 오직 염호의 무거운 표정이었다.

"저기… 염 공자님?"

그나마 염호에게 말을 걸어볼 수 있는 유일한 이가 바로 연산홍이었다.

그녀는 옆구리를 쿡쿡 찌르는 취성의 성화에 못 이겨 염호의 발걸음을 잠시 붙잡았다.

"저희를 부른 이유라도 말씀해 주셔야……."

염호가 살짝 찌푸린 얼굴로 연산홍과 자신을 향하고 있는 많은 시선을 확인했다.

뚱한 표정으로 그들을 가만히 바라보는 염호.

그 눈빛이 조금 전 보다 더욱 무거워 보여 누구 하나 염호를 마주 볼 수가 없었다.

"저 녀석이 장평의 사부라고?"

"……."

"……."

전혀 예기치 못한 염호의 목소리에 진무가 흠칫하며 재빠르게 주변을 훑었다.

누가 쓸데없이 아픈 과거의 치부를 미주알고주알 태사조께 고해바쳤느냐는 질책의 눈빛이었다.

하지만 진무를 눈을 마주하는 이들 또한 마찬가지 생각이었다.

"지금 그걸 따질 때냐?"

"……."

"아무튼 살려놔야 맘이 편할 것 같다. 그래야 장평 그놈에게 진 빚을 다 털 것 같아."

염호의 뜻밖에 말에 진무를 비롯해 화산파 도사들은 서로를 멀뚱멀뚱 쳐다보며 당황한 표정을 지을 수밖에 없었다.

눈앞의 어린 태사조와 장평은 만난 적도 없었다.

아무리 검신 태사조의 사승을 이었다지만 이미 죽은 사람에게 염호가 다시 져야 할 빚 같은 게 어디 있다고 저리 침울하고 침통할까 하는 생각밖에 들지 않았다.

"쯧—! 이 눈치 없는 놈들아."

"……?"

"됐다, 됐어—! 하여간 저 기가라는 놈도 살리고, 반운산이 다리도 붙여주려면 할 일이 잔뜩이야. 니들은 나를 좀 도와야

하고.”

염호가 휑하니 뒤돌아서 다시 계단을 걸어 올라가기 시작하자 멍하니 서서 눈을 끔뻑거리던 이들이 그제야 염호의 속뜻을 파악하고 각양각색의 반응을 했다.

어정쩡하게 뒤따라온 연산홍이나 취성, 육조나 홍괴불 등은 뭔가 크게 안도한 듯한 표정을 지었지만 화산파 도사들의 반응은 또 달랐다.

“지금, 기 사형을 살리시겠다고 하신 거지요? 분명?”

“거기다 운산이의 다리를 다시 붙이시겠다는?”

“잘린 다리를 대체 어떻게……?”

장로들이 당황한 와중에도 기쁨의 기색을 감추지 못하고 조심스럽게 입을 뗄 때는 그때 진무의 얼굴에 한 차례 격한 감정이 휘몰아쳤다.

“태사조께서 언제 허언을 하신 적이 있는가?”

그 한마디에 모든 의문은 사라지고 장로들이나 제자들 모두 한없는 존경심을 담은 눈으로 고개를 끄덕였다.

홀로 계단 위를 휘적거리고 올라가는 태사조 염호의 뒤를 바쁘게 따라 올라가는 화산파 도사들이었다.

그렇게 오래도록 비워두었던 산문까지 길게 늘어선 도사들의 행렬이 이어졌다.

그때 그곳의 누구도 예기치 못한 일이 벌어지기 시작했다.

콰—아— 앙!

화산 전체가 뒤집어질 것 같은 폭음 한 자락이 터져 나오며 앞서 계단을 오른 염호의 신형이 그대로 계단 아래쪽으로 튕겨져 내려온 것.

그나마 몸을 뒤집어 꼴사납게 계단을 구르는 것은 피했지만 산문 쪽을 향한 염호의 눈빛은 그 이전의 어느 때보다도 놀람으로 가득했다.

쩌벅! 쩌벅! 쩌벅!

새하얀 대리석 계단을 밟으며 누군가의 발걸음 소리가 이어지기 시작했다.

서천의 신장 같은 위엄을 뽐내며 아래쪽을 굽어보는 인물.

번뜩이는 흰색 눈동자를 제외하곤 온몸이 시꺼먼 먹물로 덧칠해진 듯한 모습이었다.

"천래궁주?"

그 기괴한 모습을 보고 가장 먼저 정체를 알아챈 이는 개방의 취성이었다.

"요… 요천……."

한천 연경산의 실종 이후 당대 천하제일이라 불리는 인물, 바로 천래궁주 요천이 그곳에 있었다.

텅 빈 화산파 산문 앞에서 여태껏 홀로 기다리고 있었던 것.

그의 느닷없는 등장에 그 자리의 모두가 놀라고 당혹스러울 수밖에 없는 것은 너무나 당연한 일이었다.

하지만 그 무엇보다 믿기 힘든 것은 지금 염호가 지어 보이는 표정이었다.

그 무엇에도, 아니 세상 어떤 일에도 꿈쩍 않을 것 같은 태사조 염호가 짓고 있는 표정.

천래궁주 요천을 향한 염호의 눈이 걷잡을 수 없이 떨리고 있는 것이다.

하지만 염호의 속마음을 알게 되면 지켜보는 이들은 기겁하여 쓰러질 것이 틀림없었다.

'미친! 흑제…… 네놈이 왜……?'

『마 in 화산』 7권에 계속…

**수십 년 전, 용병왕의 등장으로 생겨난
왕국과 용병의 세계.
평소엔 한없이 가볍지만 화나면 누구보다 무서운,
놀고먹고 싶은 그가 돌아왔다!**

하지만 바람과는 달리 과거 그의 앙숙과 대륙의 판도는
도저히 그를 놓아주질 않는데……

"용병은 그냥, 돈 받고 칼을 빌려주는 놈들이니까."

그의 용병 철학은 단순했다.

"물론, 누구에게 빌려주느냐가 문제겠지?"

도시의 주인

말리브 장편 소설
FUSION FANTASTIC STORY

말리브 작가의 신작 현대 판타지!

죽기 위해 오른 히말라야.
그러나, 죽음의 끝에 기연을 만나다!

『도시의 주인』

다시 한 번 주어진 운명.
이제까지의 과거는 없다!

소중한 이를 위해! 정의를 외친다!

Book Publishing CHUNGEORAM

유행이 아닌 자유추구 -
WWW.chungeoram.com